키요타카와 엔쇼 by 하나미코지 거리

리큐 by 코마츠 탐정 사무소

교토탐정 홈즈 12

모치즈키 마이

차례

야가시라 키요타카

유례없는 감정안과 관찰안 때문에 '홈 즈'라고 불리고 있다. 현재는 골동품 점 쿠라를 계승하기 전에 바깥세상을 경험해보라는 지시를 받고 수행 중인 몸이다.

마시로 아오이

교토 부립 대학 2학년. 사이타마현 오 미야시에서 교토시로 이사와 골동품 점 쿠라에서 아르바이트를 시작했다. 키요타카의 지도 아래 감정사로서 소 질을 키우고 있다.

타카야마 요시에

리큐의 엄마이자 오너의 연인. 미술 관련 회사를 경영하고 일급 건축사 자격도 가진 커리어우먼.

야가시라 세이지(오너)

키요타카의 할아버지. 국선 감정인이자 쿠라의 오너.

야가시라 타케시(점장)

키요타카의 아버지. 인기 시대소설 작가.

카지와라 아키히토
현재 인기 상승 중인 젊은 배우. 수려한 외모에 익살스러운 면도 있다.

엔쇼
본명 스가와라 신야. 전직 위작자로 키요타카의 숙적이었지만, 우여곡절을 거쳐 지금은 고명한 감정사 밑에서 감정사 수행 중이다.

타키야마 리큐
키요타카의 동생뻘. 키요타카에게 지나치게 심취한 나머지 아오이를 싫어한 적도 있었는데……?

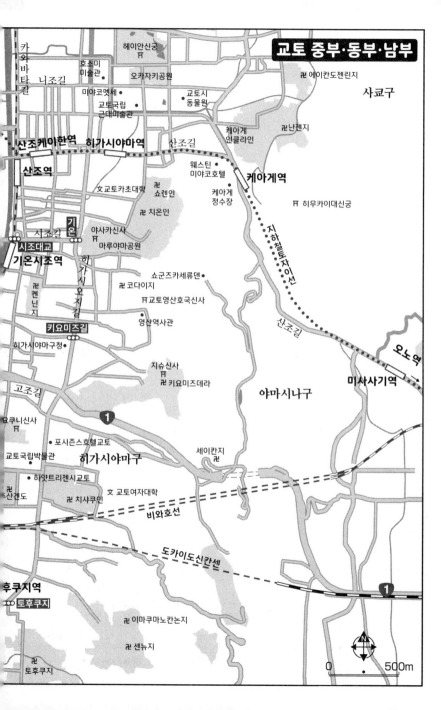

교토 중부·동부·남부

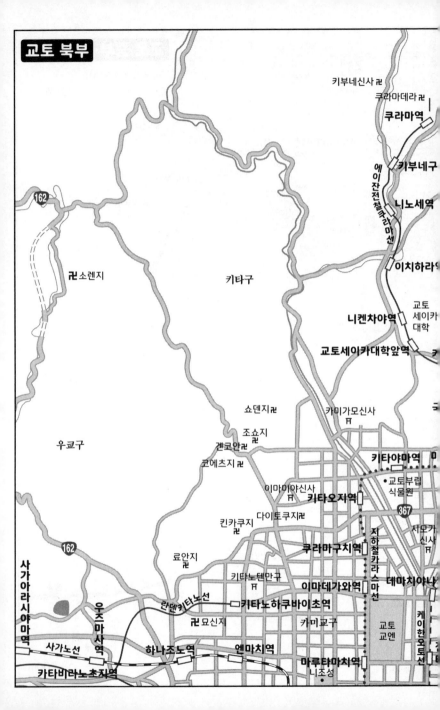

교토 북부

키부네신사 卍
쿠라마데라 卍
쿠라마역

에이잔전철쿠라마선 **키부네구**

니노세역

162

卍 소렌지

키타구

이치하라역

교토
세이카
대학

니켄차야역

교토세이카대학앞역

카미가모신사

쇼덴지 卍

우쿄구

조쇼지 卍
겐코안 卍
코에츠지 卍

이마미야신사 卍 **키타오자역**

키타야마역

•교토부립
식물원

367

다이토쿠지 卍

킨카쿠지 卍

지하철카라스마선

서모가
신사 卍

쿠라마구치역

료안지 卍

키타노텐만구 卍

이마데가와역

데마치야나

란덴키타노선 **키타노하쿠바이초역**

카미교구

卍 묘신지

교토
교엔

케
이
한
오
토
선

사가아라시야마역

162

우즈마사역

하나조노역 **엔마치역**

마루타마치역

카타비라노초역 사가노선

니조성

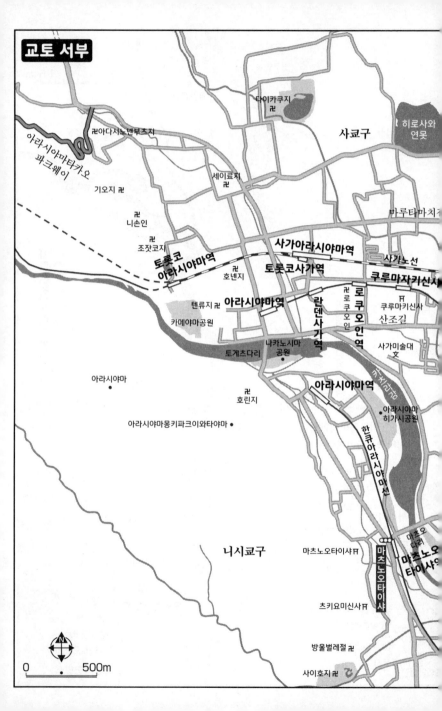

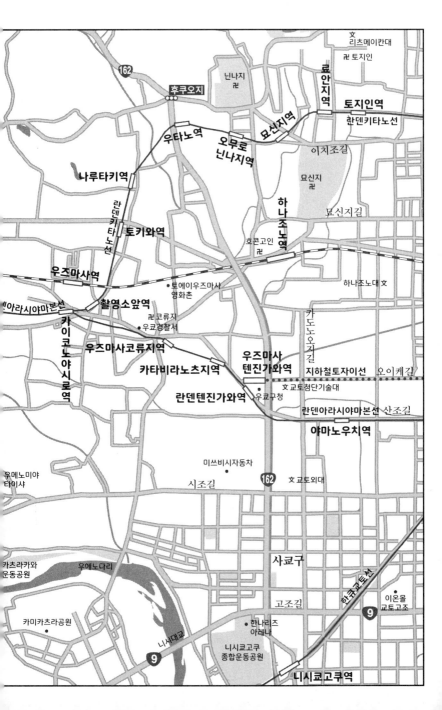

프롤로그

항상 바늘을 째깍째깍 움직이는 골동품점 '쿠라'의 벽시계가 긴 바늘이 맨 위에 도달하기 직전에 철컥, 하고 소리를 바꾸었다.

다음 순간 댕, 하고 종소리를 울렸다. 그렇게 울린 것이 열번. 지금은 오전 10시다.

나, 마시로 아오이는 지금으로부터 10분 전 가게에 들어와 평소처럼 앞치마를 걸치고 개점 준비에 들어갔다. 집기에 덮여 있는 천을 조심스레 걷고 먼지를 턴 다음 카운터를 닦았다.

문득 카운터 구석에 있는 탁상 달력이 눈에 들어왔다. 아직 8월에 머물러 있었다.

"8월은 이제 끝났지."

조용히 중얼거리고 나는 달력을 넘겼다.

오늘부터 9월.

내가 다니는 대학은 아직 여름방학이지만, 새 학기가 시작된 학교도 많은지 어제와 달리 아케이드를 지나다니는 사람은 적었다.

홈즈 씨, 즉 야가시라 키요타카 씨도 오늘, 9월 1일부터 새로운 수행지에서 일을 시작한다.

그의 행선지는 '코마츠 탐정 사무소'.

한 사건을 통해 알게 된 후 친해져 사립 탐정 코마츠 카츠야 씨의 사무소에서 일하게 된 것이다.

드디어 그가 '교토 기온 탐정 홈즈'가 됐다고 생각하자 그만 나도 모르게 뺨이 누그러졌다.

그렇다, 사무소가 있는 곳은 기온. 키야마치 시조 남쪽이었다. 홈즈 씨는 여기서 걸어서 10분 거리라고 했지만 내 다리라면 5분 정도 더 걸릴지 모른다. 하지만 가까운 거리다. 그래서 그런지 이번에는 쓸쓸함을 느끼지 않았다.

"나도 심기일전해서 열심히 하자."

손님이 별로 없는 이 가게에서 열심히 할 일이라 하면 쇼윈도 전시와 청소를 꼽을 수 있다.

고미술품이 가득한 가게 안은 조금이라도 더러워지면 분위기가 금세 음울해진다. 그렇기 때문에 늘 청결하게 관리하는 것은 아주 중요한 일이었다.

바닥은 항상 윤이 나게 닦고 창문은 유리가 느껴지지 않을 정도로 먼지가 보이지 않는 상태를 유지한다. 단순한 일이지만 꽤나 중요한 작업이기도 하다.

내 방도 늘 이렇게 번쩍번쩍 광이 나면 좋겠지만, 사생활이 되면 그렇게는 할 수 없는 것이 괴로운 점이다. 어젯밤에도 엄마에게 방 청소 좀 하라는 주의를 받았었다.

이렇게 철저하게 청소에 힘쓸 수 있는 것은 일이기 때문일지도 모르겠다.

일도 사생활도 구별하지 않고 야무지게 할 수 있으면 좋을 텐데…….

자기반성에 빠지려는 순간, 문득 책이 잔뜩 쌓여 있는 홈즈 씨의 방이 머릿속을 스쳤다. 늘 완벽하게 보이던 그도 사생활은 그렇지 않았다. 그렇게 생각하자 왠지 안심이 되었다.

"홈즈 씨는 어떻게 하고 있을까?"

그 사람이니까 어디를 가도 실수 없이 일을 처리하리라.

하지만 이번만큼은 조금 걱정이 된다. 왜냐하면 엔쇼가 동행하고 있기 때문이다. 과거에 위작자였던 엔쇼는 홈즈 씨의 숙적이라고도 할 수 있는 존재였다.

우여곡절 끝에 엔쇼가 감정사가 되기 위해서 야나기하라 시게토시 선생님의 제자가 되었지만, 그 뒤에도 두 사람이 견원지간인 것은 변함없었다.

이러한 상황이 못마땅하지만, 홈즈 씨는 그를 인정하고 있다. 엔쇼가 고명한 감정사인 야나기하라 선생님 밑에서 감정을 배우기 시작한 이상 반드시 우수한 감정사가 되리라 믿고 있는 듯하다.

반면에 엔쇼는 홈즈 씨를 따라잡고 싶은 마음에 초조해져 방황을 거듭했다. 홈즈 씨는 그런 엔쇼를 안타깝게 여기고 그를 한동안 자신 아래 두고 싶다며 야나기하라 선생님과 직접

담판을 지었다.

……그런 이유로 수행지에는 엔쇼도 동행하고 있다.

'코마츠 탐정 사무소'에는 코마츠 씨, 홈즈 씨, 엔쇼가 함께
있다.

"……코마츠 씨는 괜찮으려나."

그 두 사람 사이에 낀 코마츠 씨의 모습을 상상하고 나는
무심코 쓴웃음을 지었다.

제1장 『첫 의뢰』

"저를 죽인 사람을 알고 싶습니다."

중년 남자는 가죽 소파에 느긋하게 앉아 차분하게 말하며 미소 지었다.

그 맞은편에 앉은 코마츠 카츠야는 그가 대체 무슨 말을 하는지 이해하지 못하고 눈을 깜빡였다.

눈앞에 있는 이 남자는 물론 유령이 아니다. 50대라는 실제 나이보다 젊어 보일 만큼 생기 넘치는 모습이었다.

잘못 들은 걸까?

"그러면 자세한 이야기를 들려주시겠습니까?"

옆에 앉은 야가시라 키요타카가 부드럽게 물었다.

야가시라 키요타카를 사무소로 맞이하고 처음 들어온 의뢰가 이런 기묘한 것이자 코마츠는 골치 아픈 일들이 벌어질 것을 느끼고 이마에 손을 댔다.

일단 이야기는 전날로 거슬러 올라간다……

1

타카세 강 기슭의 운치 있는 작은 길…… 키야마치 시조 남쪽.

그곳에 코마츠 카츠야의 사무소가 있다.

길을 따라 줄지어 늘어선 아래층에 상가가 딸린 목조 가옥 마치야(町屋)의 대부분이 음식점이지만 한 채만 '코마츠 탐정 사무소'라는 이색적인 간판을 내걸고 있다. 나무판자에 붓글씨로 적혀 있어서 경관을 해치지는 않았지만 위화감은 씻을 수 없다.

원래 이곳은 코마츠에게 사건을 의뢰했던 노부부의 집이었다.

의뢰 내용은 수십 년 전에 의절한 아들의 행방을 찾아달라는 것. 이대로는 죽을 때까지 아들과 만나지 못할지도 모른다는 노부부의 의뢰를 코마츠는 멋지게 해결했다. 결국 아들이 있는 곳을 찾아내고 재회한 노부부와 아들은 무사히 화해하고 같이 살게 됐다.

그래서 이 마치야를 남에게 빌려주기로 했는데…….

'믿을 수 있는 사람에게 빌려주고 싶은데, 코마츠 씨가 여기를 사용해주면 기쁘겠소만.'

마침 코마츠도 새 사무소를 찾고 있었기 때문에 노부부의 제안을 승낙했다.

'살 집이 아니라 사무소라면 빌리겠습니다.'

외관은 전통적인 마치야지만 안은 집주인의 허가를 얻어 리모델링했다.

원래 집 안의 방은 모두 다다미방이었는데, 1층 바닥을 마룻바닥으로 바꾸고 소파 세트와 책상을 들여놓아 사무소 겸 상담실이 됐다. 2층은 최신 설비를 갖춘 컴퓨터가 놓인 조사실이다.

지금까지 이 마치야 사무소에서 주로 혼자 일을 했던 코마츠지만, 오늘부터는 다르다.

이상한 인연으로 알게 된 야가시라 키요타카라는 청년이 한동안 이곳에서 일하게 된 것이다.

그는 두뇌가 명석하고 뛰어난 감정안과 마치 마음을 읽는 것 같은 날카로운 관찰안을 가졌다.

외모도 아주 수려하고 스마트하다. 온화하게 미소 짓는 모습은 순해 보이지만 코마츠의 눈에는 가끔 악마처럼 비쳐서 두려움마저 느껴진다.

처음에는 불편했지만 이제는 그에게 꽤나 익숙해졌다. 야가시라 키요타카라는 남자는 자신에게 해가 가해지지 않으면 온화하고 이지적인 청년이기 때문이다.

아니, 자신뿐만 아니라 연인도 포함되지만……

그건 그렇고, 기본적으로 그는 일을 잘하고 눈치가 빠른 좋은 남자다.

코마츠는 짧은 기간이기는 하나 이 '코마츠 탐정 사무소'에서 함께 일하는 것을 기대하고 있다.

그들이 올 때까지는 말이다…….

* * *

……나 좀 살려주라.

코마츠 카츠야는 사무소 책상에 앉아 소리 없는 목소리를 내고 있었다.

"오늘부터 당신은 제 밑에서 일을 배울 겁니다. 지금은 코마츠 씨 탐정 사무소에서 일하고 있으니 코마츠 씨도 함께할 겁니다."

키요타카는 코마츠의 사무소에 온 엔쇼에게 그렇게 말했다.

엔쇼(본명은 스가와라 신야라고 한다)는 흑갈색으로 된 전통의상의 약식 복장에 민머리가 인상적인, 얼핏 보기에 승려 같은 청년이다.

얼굴이 꽤 매섭게 생기고 어깨가 넓은 탓인지 체격이 건장해 보이고 키는 키요타카보다 조금 컸다.

나이는 서른 전후쯤일까.

엔쇼는 소파에 털썩 앉아 코웃음을 치고는 서 있는 키요타카를 올려다봤다.

"갑자기 뭐고. 내는 야나기하라 선생님 말씀대로 여기 왔을 뿐이다. 근데 댁 밑이라고? 그건 댁이 내 스승이 된다는 소리 아이가? 내는 인정 못 하겠는데?"

"……야나기하라 선생님께 아무 말씀도 못 들었습니까?"

"댁한테 가라며 이 장소를 가르쳐주셨을 뿐이다. 이건 무슨 장난이고?"

"장난이 아닙니다. 당신은 야나기하라 선생님 곁에 있어도 나를 의식해서 초조해할 뿐입니다. 그렇다면 차라리 한동안 내 옆에 있는 편이 낫다고 생각했습니다."

"내가 댁을 의식하다니, 얼마나 자의식 과잉인 거고?"

노려보는 듯한 눈빛을 보이는 엔쇼를 보고 키요타카는 입가를 끌어올렸다.

"그렇게 발끈하는 게 내 말이 맞는다고 인정하는 겁니다."

"뭐라꼬?"

"…………."

코마츠는 "아아아아."하고 소리를 내며 책상 위에서 머리를 감쌌다.

그만해, 제발 좀 그만해.

이 살벌한 분위기는 뭐야.

이 남자도 형씨의 무서움을 모르는 건가?

내 사무소에서 이런 짓은 이제 그만 좀 해.

사전에 아무런 소리도 듣지 못했다고 말하고 싶었지만……
확실하게 들었다.

키요타카는 엔쇼라는 임시 제자도 함께 온다는 이야기를 미리 했고, 나는 아무런 문제도 되지 않는다고 대답해버린 것이다.

왜냐하면 여기는 고정 월급을 주지 않고 성과급 제도를 채택하고 있기 때문에 사람을 몇 명을 데려오든 문제없고 한가한 시간에는 사무소에서 고미술 공부를 해도 좋다며 흔쾌히 승낙까지 했다.

하지만 설마 이렇게 위태로운 관계의 사람들이었을 줄이야……. 이런 말은 듣지 못했다.

코마츠는 주뼛대며 키요타카 쪽을 봤다.

키요타카는 여전히 입가에 웃음을 띠고 있어서 코마츠는 두려움을 느끼고 눈을 내리떴다.

엔쇼는 마음을 다잡은 기색을 보이며 "이보래이."하고 아무일 없었다는 듯이 키요타카에게 시선을 보냈다.

"댁이 임시로 내 스승이라는 건 낸 아오이 씨에 이어 두 번째 제자라는 소리가?"

"……아오이 씨는 그렇게 말했습니다. 자신이 첫 번째 제자고 당신이 두 번째 제자라고. 지금은 그녀의 스승이라고 생각하지 않습니다만."

"그라믄 댁은 내한테도 야한 짓을 하는 거가? 늘 폐점 후 가게 커튼을 치고 저속한 짓을 하고 있제?"

엔쇼는 일부러 화를 돋우는 말투로 말했다.

코마츠는 아수라장을 상상하고 새파랗게 질렸지만 키요타

카는 후후, 하고 미소 짓듯이 눈을 가늘게 떴다.

"그럴 리가요. '늘'은 아니에요. 아주 가끔 잠시 사랑을 나누는 정도입니다."

조금도 동요하지 않는 모습에 엔쇼는 재미없다는 듯이 혀를 찼다.

키요타카는 잠시 입을 다물더니 어쩔 수 없다는 기색으로 숨을 토했다.

"……알겠습니다."

"응?"

엔쇼가 미간을 찌푸리며 얼굴을 들었다.

"생각이 경솔했던 것 같네요. 정말 실례했습니다. 야나기하라 선생님께 돌아가세요. 일부러 와주셔서 감사합니다."

키요타카는 가슴에 손을 얹고 고개를 숙인 다음 출구는 저쪽이라는 듯이 현관으로 손을 뻗었다.

엔쇼는 입을 꾹 다물었다.

더 물고 늘어지고 싶었는데 키요타카가 너무 쉽게 물러서자 맥이 빠진 듯했다. 게다가 순순히 돌아가라는 말까지 듣게 되자 어떻게 할까 고민하는 듯했다. 순간 미아가 된 듯한 표정을 지은 엔쇼는 마치 혼난 어린아이 같았다.

침묵 후 엔쇼는 시선을 한쪽 구석으로 돌린 채 나직하게 중얼거렸다.

"댁한테 가라고 한 건 우리 스승님 명령이다. 그러니 못 돌아간데이."

"그런가요. 그러면 앞으로 잘 부탁드립니다."

"…………."

엔쇼는 아무 말 없이 얼굴을 돌리고 있었다. 키요타카가 내민 손에도 눈길을 주지 않았다.

이 사람도 나이를 먹을 만큼 먹었으면서 왜 이렇게 어른스럽지 못한 것일까.

코마츠는 어이없어하면서도 일촉즉발의 분위기가 사그라진 것에 안도하며 등받이에 몸을 기댔다.

일단 일을 해야지…… 하고 코마츠는 컴퓨터 마우스로 손을 뻗었다.

사건 의뢰는 없지만 경리 업무가 쌓여 있었다. 회계 페이지를 열자 즉시 붉은 숫자가 눈에 들어왔다. 바로 기분이 침울해져서 코마츠는 이마에 손을 댔다.

한때 '대마교(大麻敎) 사건'을 해결한 탐정(실제로 해결한 건 키요타카지만)으로 추앙받았고 그 뒤로는 일거리가 끊임없는 상태가 이어졌다. 그야말로 거품 시기라고 할 수 있으리라.

혼자서는 도무지 일손이 부족해서 즐거운 비명을 지르고 있을 때 키요타카가 수행할 곳을 찾는다는 이야기를 듣고 그를 받아들인 것이다.

그런데 화려한 시기는 이제 과거의 이야기가 됐다. 그 눈부신 날들이 거짓말 같다. 지금은 파리만 날려서 건물 월세를 내는 게 고작인 상태다.

키요타카와 엔쇼의 악연 같은 관계보다도 현실적으로 문제가 되는 것은 이 새빨간 숫자였다. 지난 짧은 거품 시기에 벌어놓은 덕분에 어떻게든 버티고 있지만 이것도 시간문제.

아무래도 사무소 월세가 더 싼 곳으로 이사 가는 것이 현명한 판단이리라. 어째서 이 지구는 이렇게나 집값이 비싼 건지…….

고개를 푹 숙인 코마츠의 모습이 눈에 들어온 키요타카가 한마디 한다.

"그러면 바로 사무소 업무를 시작할까요. 시간을 봐도 딱 좋군요."

벽걸이 시계는 오후 2시를 가리키고 있었다.

코마츠는 튕겨나듯이 고개를 들고 몸을 내밀었다.

"아니, 일거리는 아무것도 없는데?"

자랑할 일은 아니라며 코마츠는 쓴웃음을 지었다.

"가만히 있다고 일이 굴러들어오지는 않습니다. 애초에 씨를 뿌리지 않으면 꽃은 피지 않습니다. 처음에는 자잘한 활동을 해야 한다고 생각하니 일단 전단지를 나눠주러 가겠습니다."

키요타카는 책상 서랍을 열어 사무소의 전단지를 손에 들었다.

그것은 코마츠가 개업 당시 준비한 것이다.

'코마츠 탐정 사무소 곤란한 일은 없으십니까? 뭐든지 상담해드립니다'

그런 글과 함께 온라인에 강한 사무소라는 내용도 실려 있었다.

코마츠는 "그게 말이지."하고 낮은 소리를 내며 이마에 손을 댔다.

"안 먹히지 않을까? 나 역시 개업 당시에 열심히 나눠줘 봤어. 근데 받아주질 않아. 우편함에 넣는 걸 들켰을 때는 '어머, 고마워요. 하지만 우리는 필요 없는데'라며 웃으면서 째려보더라고."

엄청 무서웠다며 코마츠는 한심한 얼굴로 숨을 토했다.

"뭐, 이 근처에서 갑자기 탐정 사무소 전단지를 나눠줘 봐야 어렵겠죠. 하지만 저는 지인도 있으니 거기를 뚫어보려고 합니다."

키요타카가 그렇게 말하자 엔쇼는 나른한 듯 기지개를 켰다.

"그라믄 내도 대충 전단지 나눠줄게. 그럼 되제?"

그러자 키요타카는 "아니요."하고 고개를 저었다.

"당신은 나와 함께 가시죠. 이 부근 지인들에게 소개할 수 있는 좋은 기회라서요. 사람과의 만남은 보물입니다."

엔쇼는 "흐음." 하고 귀찮다는 듯이 대답했다.

반항적이면서 어딘가 순순한 엔쇼를 보고 코마츠는 작게 웃었다.

"그러면 코마츠 씨, 다녀오겠습니다."

전단지를 가방에 넣고 나가려 하는 키요타카와 엔쇼를 향해 코마츠는 "그래." 하고 손을 들려고 하다가 멈칫거렸다.

"아, 아니, 나도 같이 갈게. 나야말로 이 부근 사람들 좀 소개해줘!"

힘차게 일어나 외출 준비를 시작했다.

2

사무소에서 나온 세 사람은 카모 강에 놓인 돈구리 다리라는 작은 다리를 건너 카와하타 길을 따라 북쪽으로 올라갔다.

이 부근은 기온코부라고 불리는 지구다. 로쿠하라미츠지, 교토 에비스 신사, 겐닌지, 야스이콘비라구라는 이름 높은 사원이 있고, 또한 하나미코지 길의 정취 있는 경관으로도 잘 알려져 있었다.

코마츠는 걸으면서 고개를 연신 끄덕이고는 기쁜 듯이 웃었다.

"이 부근은 THE 기온이라는 느낌의 정서가 있는 곳이잖아? 교토는 역시 특별하다고 할까, 동경이 담긴 도시야."

코마츠가 나직하게 중얼거리자 키요타카는 의외라는 표정을 보였다.

"코마츠 씨가 교토를 그렇게 얘기하시다니, 의외네요."

"아니, 난 원래 교토를 좋아했어. 유행에 휩쓸리기는 했지만. 특히 기온은 운치가 있어서 현대의 떠들썩함을 잊게 해준다고 할까."

그런 코마츠를 엔쇼가 차갑게 슬쩍 봤다.

"하지만 한 걸음 뒤는 이렇데이."

엔쇼가 가리킨 곳에는 유흥시설 간판이 늘어서 있었다.

코마츠가 말했듯이 기온코부는 교토다움이 있는 화려하고 아름다운 지구이기는 하지만 뒷길로 들어가면 유흥시설이나 러브호텔 따위도 즐비했다.

그런 간판에는 전국 어디에나 있을 법한 현대적인 가게 이름이 적혀 있다.

"어……."

코마츠는 실망한 표정을 지으며 걸음을 멈췄다.

"뭐고. 댁은 이 부근에 대해서 몰랐나? 여기에 사무소를 차렸다 아이가."

"아니, 나는 주로 사무 업무를 보는 탐정이라서……."

전단지 배포도 기온 일대에서는 금세 마음이 꺾여서 그만뒀다.

"사무직 탐정이라니."

엔쇼는 어깨를 으쓱거리고는 유흥시설 간판을 바라보면서 작게 웃었다.

"참말로 평범한 유흥점이 많다. 기왕 교토에 차린 거라면 아주 전통적인 스타일로 맨들면 장사 잘 될 텐데."

"동감이지만, 아마 관광객 기분을 내는 사람을 끌어들일 의도가 없는 것일지도 모르겠네요."

그렇게 말하는 키요타카에게 엔쇼는 흐음, 하고 고개를 끄덕였다.

"지역 사람이나 업무 차 온 샐러리맨이 잠깐 들리는 것 정도로 했겠제. 그라믄 전통적일 필요도 없꼬."

"네, 오히려 비쌀 것 같아서 멀리할지도 모릅니다."

"전국 어디에나 있을 법한 가게가 더 안심되는 거겠제."

"그럴지도 모르겠네요."

"교토 도련님인 댁은 소싯적에 이런 데 다녀봤나?"

"안 다녔습니다."

"……이봐, 운치 있는 동네에서 그런 얘기는 그만하자고."

코마츠는 얼굴을 굳히며 말했다.

그 말에 키요타카는 웃으면서 말했다.

"인사를 다니기 전에 저기서 잠시 물건 좀 사겠습니다."

키요타카는 미나미자 방향에 있는 '토라야'로 시선을 보냈다.

"형씨는 양갱 좋아하나?"

"좋아하지만 제가 먹을 게 아닙니다."

키요타카는 잠시 기다리라고 말하고 가게로 들어갔다.

"배포용이겠제."

엔쇼가 중얼거리자 "그렇군, 인사용인가."라며 코마츠는 이마에 손을 얹었다.

"그러면 경비로 처리해야겠군. 사무소에서 내야지……."

코마츠가 툴툴대고 있자 잠시 후 키요타카가 과자 상자를 잔뜩 사서 가게를 나왔다.

"꽤, 꽤나 많이 샀군. 비쌌겠지?"

자기 지갑 속 돈을 걱정하며 코마츠는 움찔했다.

"네, 나름대로는요. 하지만 걱정하지 마세요. 이건 제가 신세를 지는 코마츠 씨에 대한 사례로 산 겁니다. 아아, 죄송하지만 좀 들어주세요."

키요타카는 자신이 들고 있는 수많은 종이봉투를 코마츠와 엔쇼에게 건넸다.

"역시 도련님이데이. 통이 커."

바로 아니꼬운 소리를 하는 엔쇼에게 키요타카는 작게 웃었다.

"통이 큰 것과는 다릅니다. 아까도 말했듯이 씨 뿌리기, 선행 투자입니다."

키요타카는 아무렇지 않게 말하고 다시 남쪽으로 내려갔다.

더 좁은 길로 들어가자 마치야가 늘어선 조용한 거리로 나왔다.

미닫이문 앞에는 작은 문패가 달려 있거나 둥글고 붉은 제등이 매달려 있었다.

"마이코와 게이샤가 머무는 오키야(置屋)로구먼."

엔쇼가 그렇게 말하자 코마츠는 호오, 하고 중얼거렸다.

당당하게 걷던 키요타카는 작은 간판조차 없는 마치야 앞에서 걸음을 멈췄다.

"여기에 이 일대를 잘 아는 분이 살고 있습니다."

"여기도 오키야?"

"아니요, 원래는 오키야를 했지만 지금은 은퇴하셨습니다."

한마디로 은거하시는 분의 집이라 여기며 코마츠는 숨을 삼켰다.

키요타카는 초인종을 눌렀다. 잠시 후 천천히 미닫이문이 열렸다.

"뉘시오?"

전통 옷 차림의 기품 있는 노파가 모습을 드러냈다.

그녀는 집 앞에 죽 늘어선 세 남자의 모습에 순간 의심스러운 표정을 띠었지만 키요타카를 보자마자 꽃이 피듯 미소 지었다.

"이거 오랜만이구나, 키요타카."

"네, 오랜만에 뵙습니다, 카즈요 씨."

노파의 이름은 카즈요인 모양이다.

"세이지 씨는 건강하시고?"

"네, 여전하세요."

화기애애하게 대화를 나누는 키요타카와 카즈요.

"교토는 인맥으로 다 엮여 있군……."

그 모습을 바라보면서 코마츠는 조용히 중얼거렸고, 엔쇼
는 참말로, 하고 어깨를 으쓱거렸다.

"그런데 오늘은 무슨 일이고?"

"제가 실은 대학원을 수료했어요."

"어마, 이제 학생이 아닌가?"

"그렇답니다."

"아직 학생 같은데. 드디어 본격적으로 가게를 잇겠네?"

"그럴 셈이었는데 할아버지께서 견문을 넓히기 위해 다양
한 곳에서 일하며 수행하라고 하셔서요……."

못 말리겠다면서 어깨를 올렸다 내리는 키요타카를 보고
카즈요는 까르르 웃었다.

"세이지 씨답네."

"그래서 지금은 이 근처에 사무소를 차린 코마츠 탐정님 밑
에서 일하고 있어요."

키요타카는 그렇게 말하고 코마츠에게 시선을 보냈다.

코마츠는 황급히 머리를 숙였다.

"처음 뵙겠습니다, 코마츠 카츠야라고 합니다. 이 근처에서 탐정 사무소를 하고 있습니다."

"그리고 옆에 있는 사람은 엔쇼라고 합니다. 저와 같은 견습 감정사이고 야나기하라 선생님의 제자예요. 지금 때마침 함께 코마츠 씨 사무소에서 일하고 있습니다."

키요타카의 말에 엔쇼는 특기인 꾸민 웃음을 지으며 "잘 부탁합니데이."하고 인사했다.

카즈요는 어머, 하고 입에 손을 댔다.

"견습 감정사가 두 명이나 있는 탐정 사무소라니, 기묘하구먼."

키요타카는 정말이네요, 하고 웃은 다음 사무소 전단지를 내밀었다.

"만약 앞으로 곤란한 일이 있으면 꼭 연락주세요. 아아, 그리고 카즈요 씨가 좋아하는 양갱도 가져왔으니 한번 드셔보세요."

이어서 토라야의 과자 상자를 꺼내자 카즈요는 기쁜 듯이 눈꼬리를 내렸다.

"고맙다. 토라야 양갱은 언제 받아도 참으로 기쁘다."

"기뻐해주셔서 다행이에요. 그런데 최근 이 부근에서 사건 같은 건 없었나요?"

그렇게 묻자 카즈요는 글쎄, 하고 고개를 갸웃거렸다.

"지금 기온에서는 뜻을 모아 동네 치안을 지키는 모임을 만들었지. '기호회'라고 하는데, 자잘한 일은 직접 해결하려고 하고 있어. 하지만 모처럼 키요타카가 찾아오고 토라야 양갱도 줬으니 사람들한테 물어볼까. 여기로 전화하면 되지?"

카즈요는 전단지의 전화번호를 확인하듯이 눈길을 떨어뜨렸다.

"네, 잘 부탁드려요."

그리고 카즈요에게 인사를 하고 세 사람은 다시 걷기 시작했다.

"토라야 양갱을 기꺼이 받아주시더군."

코마츠가 혼잣말처럼 나직하게 중얼거리자 키요타카는 네, 하고 동의했다.

"토라야는 확실하게 먹히니까요."

"그래 봐야 도쿄 과자이지만."

엔쇼가 비꼬듯이 말하자 코마츠도 "그러고 보니 그랬지."라고 중얼거렸다.

"아니요, 토라야의 창업은 무로마치 시대. 교토가 발상지입니다. 일설에 의하면 메이지 유신 후 황실이 도쿄로 옮겨가자 토라야도 함께 본점을 이전했다는 이야기를 들은 적이 있습니다."

"그랬구나. 그렇다면 황실이 여기로 돌아오면 토라야의 본점도 돌아온다는 건가?"

"네, 그럴 가능성이 아주 큽니다."

키요타카는 가슴에 손을 얹고 싱긋 미소 지었다.

"어차피 댁은 '수도를 도쿄에 맡겼을 뿐'이라고 생각하는 거제?"

엔쇼는 살짝 질렸다는 듯이 말했다.

"어리석은 질문이군요."

"어리석다니."

"그건 그렇고 얼른 돌아볼까요. 맞아, 타츠미 이나리 쪽에 있는 '사쿠라안'이라는 전통 잡화점의 여주인도 이 부근 정보를 잘 아니 인사를 드리러 가죠."

코마츠는 그래, 하고 흔쾌히 대답했고 엔쇼는 귀찮다는 듯이 숨을 내쉬었다.

그 후로 계속해서 음식점이나 오키야를 돌며 전단지를 돌렸다. 가는 곳마다 호의적인 반응을 보였다.

"내가 혼자 전단지를 돌릴 때와는 전혀 다른걸. 형씨는 대단해."

코마츠는 짜증난다는 듯 투덜댔다.

"홈즈 씨 때문이라기보다 야가시라 집안의 힘이겠제."

그렇게 말한 엔쇼에게 코마츠는 "그런 소리 하지 마."라며 쓴웃음을 지었다.

하지만 키요타카는 신경도 쓰지 않는다는 듯 네, 하고 바로 동의했다.

"이런 인간관계는 할아버지나 할아버지의 스승님이 만들어 온 겁니다. 그것을 제가 이어받아야지요."

아무렇지 않은 듯 한 말이겠지만, 이런 것 하나하나가 쌓여 교토의 역사이자 교토에 뿌리 내린 문화이리라.

코마츠는 피부로 그 무게를 느꼈다.

"그러면 이어서 자치회로 인사하러 가죠. 그 뒤에는 각 보존회, 그리고 사원에도 인사를 드립시다."

키요타카는 부드럽게 말하고 당당하게 걷기 시작했다.

"역시 형씨는 대단해."

코마츠의 진지한 중얼거림에 엔쇼는 아무 말도 하지 않았다.

3

어느 정도 인사를 마친 세 사람은 한숨 돌리기 위해 사무소로 돌아왔다.

"전단지 배포를 했을 뿐인데 일을 꽤나 한 느낌이야."

코마츠는 책상에 앉은 상태로 기지개를 켜며 말했다.

키요타카는 방금 탄 커피를 코마츠 앞에 내려놓으며 고개를 끄덕였다.

"꽤 걷기도 했고요."

"…………."

그런 가운데 엔쇼만은 소파에 털썩 앉은 상태로 뚱한 표정을 보이고 있었다.

"왜 그런 얼굴을 하고 있습니까?"

키요타카는 의아하다는 기색으로 엔쇼 앞에도 커피를 놓았다.

"내는 야나기하라 선생님의 체면을 봐서 백 번 양보해 댁하고 함께 행동하는 걸 승낙했는데. 탐정 일이네 하며 전단지나 돌리고 있으니. 감정사로서의 일을 해야 하는 거 아이가?"

팔짱을 끼고 말을 하는 엔쇼는 마치 반항기의 소년 같았다.

"하지만 오늘 하루 만에 수많은 사람에게 당신을 소개하지 않았나요?"

"그것과 이건 별개제."

"그런가요?"

그런 두 사람의 모습에 코마츠는 다시 조바심이 나서 그들을 보지 않도록 컵을 입으로 가져갔다.

"그러면 지금은 휴식 시간이니 잠시 감정 공부도 할까요?"

그 말에 엔쇼는 아주 살짝 반응했다.

"코마츠 씨, 괜찮겠습니까?"

미안하다는 듯 양해를 구하는 키요타카에게 코마츠는 힘차게 고개를 내렸다.

"꼭 그렇게 해. 일이 없을 때는 마음대로 지내도 돼."

뭣하면 사무소 밖으로 나가도 상관없다는 마음으로 코마츠는 부드럽게 말했다.

키요타카는 감사합니다, 하고 미소 짓고 가방에서 클리어 파일을 꺼냈다. 그곳에는 사진이 한 장 있는 듯했다.

"그러면 이걸 보세요."

사진을 꺼내 테이블 위에 늘어놓았다.

엔쇼는 흥, 하고 코웃음을 쳤다.

"……뭘 시작하나 했더니 사진으로 감정하라고. 그게 뭐고. 실물을 안 보면 알 수 없다 아이가."

그렇게 말하고는 사진도 보지 않고 손으로 치우라는 동작을 했다.

"물론 그렇습니다. 실물을 이기는 것은 없지요. 하지만 사진으로도 충분히 알 수 있는 것이 있습니다."

"댁이 늘 말했다 아이가. '실물이 내는 오라'인지 뭔지. 사진에서 그런 걸 알 수 있을 리가 없다."

"그런 말은 일단 사진을 보고 나서 하는 게 어떨까요?"

"귀여운 아오이 씨한테는 실물을 앞에 놓고 열심히 가르치면서 내한테는 사진만 달랑 내밀고, 격차가 너무 심하다 아이가."

키요타카는 허리에 손을 대고 휴우, 하고 숨을 토했다.

"하여간에. 그 태도는 뭡니까."

"어떤 태도든 무슨 상관인데. 내는 댁을 스승으로 인정한 적 없다."

엔쇼는 턱을 괴고 고개를 옆으로 돌렸다.

'아아아아아아, 제발 좀 싸우지 마.'

코마츠는 고개를 숙였다.

코마츠는 키요타카의 화가 폭발하지 않을까 걱정했지만 그의 표정과 태도에는 여유가 있었다. 생각했던 것보다 인내심이 강한 것 같아서 감탄했다.

키요타카는 어린아이를 타이르는 듯한 말투로 말을 이었다.

"당신의 실물을 보고 이해하고 싶다는 마음은 충분히 이해합니다. 하지만 이 사무소에 고미술품을 가져오는 것도 수고가 들고, 짬이 날 때 하는 공부라서 사진만으로도 알 수 있는 것을 준비했으니 이만 기분을 푸시죠."

"여기로 가져올 수 없다면 쿠라로 가서 강의하는 건 어떤가. 코마츠 씨도 일이 없을 때는 마음대로 지내도 된다고 했고 말이다. 안 그런가, 코마츠 씨."

엔쇼는 책상에 앉아 있는 코마츠를 쳐다봤다.

코마츠는 하하하, 하고 굳은 얼굴로 웃었다.

"뭐, 우리 사무소는 고정급 대신 성과급제를 채택하고 있으니까 일이 들어오지 않는 한 정말 마음대로 지내도 되지."

"봐라, 소장도 이렇게 말했다. 쿠라로 가볼까."

엔쇼는 고개를 돌려 키요타카를 봤다.

코마츠도 '맞아, 차라리 갔다 와'라는 마음을 담아 키요타카에게 시선을 보낸 순간 몸을 움찔했다.

키요타카는 지금까지 짓던 표정을 싹 바꿔서 오싹하게 차가운 얼굴을 보이고 있었다.

"……어째서 쿠라에 그렇게 가고 싶은 겁니까?"

역시 엔쇼도 압도됐는지 "어……?"하고 어렴풋이 상체를 젖혔다.

"그, 그야 거기에는 국보급 고미술품이 잔뜩 있으니까 내한테 가르쳐준다면 여기서 사진을 보는 것보다 낫다 아이가."

"또 그런 말이나 하고…… 댁은 그저 아오이 씨를 만나고 싶을 뿐이제?"

키요타카는 감정이 고조되면 경어가 아닌 사투리를 쓴다. 지금 그야말로 감정이 격앙되어서, 말 한마디 한마디에서 감정이 새어나오고 어미가 사투리로 변했다.

지금까지 엔쇼가 아무리 실례되는 태도를 보여도 화내지 않았는데…….

이 남자는 여전히 자기 여자친구가 엮이면 터무니없이 유치해진다니까!

새어나오는 박력에 코마츠는 머리를 감싸 쥐었다.

하지만 당사자인 엔쇼는 태연했다.

"뭐고, 오늘 아오이 씨가 가게에 있나. 이제 여름방학도 끝나 개강했겠거니 했는데. 그라믄 쿠라에는 안 갈란다."

조용히 그렇게 말하고 시선을 돌렸다.

그 반응이 의외였는지 키요타카는 독기가 빠진 듯한 표정을 짓고 있었다.

코마츠도 멍하니 엔쇼를 바라봤다.

엔쇼는 아무래도 아가씨는 만나고 싶지 않은 듯했다. 어째서일까.

코마츠가 고개를 갸웃거리고 있는데 키요타카의 스마트폰이 울렸다. 키요타카는 "실례합니다."하고 주머니에서 스마트폰을 꺼내 화면을 확인했다.

한순간 곤란한 표정을 지었지만 온화한 목소리로 전화를 받았다. 그러자 바로 여성의 목소리가 울렸다.

—키요타카, 니 탐정 놀이만 하는 줄 알았더니 지금 참말로 기온에서 탐정을 하고 있다면서?

그 큰 목소리는 코마츠와 엔쇼의 귀에도 들렸다. 두 사람은 '무슨 일이지?'하고 눈을 깜빡였다.

"네, 지금 기간 한정이지만 기온에 있는 탐정 사무소에 머물고 있어서요."

—그리고 사람들한테 인사하고 다녔다면서?

키요타카는 네, 하고 고개를 끄덕였다.

―그라믄 왜 내한테는 안 들렀는데? 내도 발이 꽤 넓으니 든든할 텐데.

키요타카는 "알고 있어요."하고 뺨에서 힘을 뺐다.

목소리의 느낌과 말투로 보아 나이를 꽤나 먹은 듯했다. 코마츠는 누구인지 의아해하며 미간을 찌푸리고 있었다.

"저 녀석의 뒤를 봐주는 부인 아이가?"

엔쇼가 작은 목소리로 중얼거렸다.

"봐주는 부인이라니……."

코마츠는 얼굴을 굳혔지만 그럴지도 모른다고도 생각했다. 미술계에는 갑부 부인의 비위를 맞춰야 한다는 이야기가 있기 때문이다.

―그래서 얼른 일거리를 가져왔는데.

부인은 전화 저편에서 살짝 득의양양한 목소리를 냈다.

키요타카는 "네?"하고 당황한 듯이 눈을 크게 떴다.

"일거리라니요?"

―그러니까 탐정 일거리 말이다. 여러 사업을 하고 있는 사장인데, 고민거리가 있어. 니가 좀 도와주라. 괜찮은 사람이다.

"친구분이신가요?"

―맞다. 최근 기호회라고 기온의 치안을 지키는 모임이 생겼는데, 거기서 같이 활동도 하는 사람이다. 이야기는 전했으니 그 사람 주소와 이름을 알려줄까?

키요타카는 네, 하고 고개를 끄덕였다.

전화기에서 들리는 주소는 히가시야마였다. 이름은 타카츠
지 코이치.

코마츠는 그 이름을 듣자마자 바로 컴퓨터 화면으로 향해
키보드를 두드렸다.

한자로 高辻洸一라고 쓰는 듯했다. 나이는 쉰세 살. 부인의
말대로 교토를 거점으로 각종 사업을 벌이고 있는 3세대 경
영자였다.

알려진 대략적인 자산을 확인하고 대부호인 것을 확인한
코마츠는 숨을 삼켰다.

'갑자기 일거리를 가져오다니, 역시 부잣집 부인이다. 아니,
역시 형씨 덕이라고 해야 하나.'

코마츠가 또다시 감탄하고 있었다.

—그러면 부탁한다.

부인은 스마트폰 저편에서 다정하게 말했다.

"정말 고맙습니다. 고마워요, 할머니."

부드럽게 나온 키요타카의 마지막 말에 코마츠와 엔쇼는 헛
기침을 했다.

통화를 마친 키요타카는 아직도 기침하고 있는 코마츠와
엔쇼를 보고 얼굴을 찌푸렸다.

"대체 왜 그러시죠?"

"하, 할머니?"

"네, 제 할머니입니다."

코마츠와 엔쇼는 무심코 얼굴을 마주 봤다. 그러고 보니 야가시라 세이지는 아주 옛날에 이혼했다. 그렇다면 헤어진 그 부인일 것이라고 코마츠는 추측했다.

"할매가 왜 인사하러 오지 않느냐고 했겠구먼?"

키요타카는 네, 하고 어깨를 축 늘어뜨렸다.

"기온에 살고 계세요. 그래서 인사를 드리러 가야 한다고는 생각하고 있었지만 왠지 가족이라서 부끄럽네요."

'부끄럽다니, 애도 아니고.'

코마츠가 웃었다.

"할매가 일거리까지 챙겨주다니, 참말로 도련님이데이."

엔쇼는 허리띠에서 꺼낸 부채로 입가를 가리며 눈을 가늘게 떴다.

또 일촉즉발 상태인가, 하고 코마츠는 걱정했다.

"정말이네요."

키요타카는 엔쇼의 가시 돋친 말을 신경도 쓰지 않는 기색으로 미소 지었다.

역시 여자친구만 얽히지 않으면 쉽게 화내지는 않는 듯했다.

"할머니가 이야기를 전했다고 하셨으니 전화를 해보겠습니다."

키요타카는 스마트폰을 들고 방에서 나가려고 했다.

"그래, 형씨가 오고 처음 들어온 일이야. 부탁해."

코마츠가 키요타카의 등을 바라보고 있는데 이번에는 사무소 전화가 울렸다.

마음을 다잡고 "네, 코마츠 탐정 사무소입니다."하고 수화기를 들었다.

—안녕하세요, 아까는 고마웠네. 카즈요인데, 소장님이신가?

코마츠는 아아, 하고 소리를 높이며 자신도 모르게 고개를 숙였다.

"안녕하세요, 코마츠입니다."

—당신들이 돌아가고 사람들한테 이야기를 들어봤더니 의논하고 싶은 사람이 있어서. 갑작스럽지만 지금 우리 집으로 와주면 좋을 것 같은데?

코마츠는 "아, 네, 바로 가겠습니다."하고 일어섰다.

4

다시 찾은 유흥가는 해가 지기 시작하자 낮에 찾았을 때와는 분위기가 전혀 달랐다.

운치 있는 느낌은 변함없지만, 줄지어 있는 마치야의 입구에 밝혀진 작은 제등과 그 아래 있는 대나무 울타리도 환상적이고 어딘가 요염함이 느껴졌다.

코마츠는 거리를 걸어가면서 그 정서에 푹 빠져 있었다.

"참말로 기온은 낮과 밤이 전혀 다른 얼굴을 가지고 있구먼."

엔쇼도 똑같이 생각했는지 그런 말을 했다.

"네, 그것도 이 동네의 매력이지요."

"이 이중성은 마치 댁 같데이."

"고맙군요. 기온에 빗대주다니 영광인데요."

또다시 부드럽게 비아냥의 응전을 벌이는 두 사람을 보고 코마츠는 이마에 손을 댔다. 생각해보니 오늘 하루 종일 이마에 손을 댄 듯하다.

고개를 숙이고 걷고 있자니 어느새 카즈요의 집에 도착했나 보다.

"코마츠 씨, 여기예요."

키요타카의 말을 듣고 코마츠는 정신을 차리고 몸을 돌렸다.

"그, 그래."

초인종을 누르자 잠시 후 미닫이문이 열리고 카즈요가 얼굴을 내밀었다.

그녀는 코마츠 일행을 보자마자 부드럽게 웃었다.

"일부러 와줘서 고맙구려. 자, 어서 들어와."

세 사람 다 실례하겠습니다, 라고 인사하고 집 안으로 발을 들였다.

안내받은 다다미 응접실에는 환갑 전후로 보이는 기모노를 입은 여성과 머리를 깔끔하게 틀어 올린 20대 중반의 일본 기생 게이샤와 10대로 보이는 춤을 추는 어린 기생 마이코가 나란히 앉아 있었다.

그녀들은 코마츠 일행을 앞에 두고 다다미에 손을 대며 머리를 숙였다. 나이 든 여성이 '아야카'라는 오키야의 주인이고 이름은 아야카라고 하며, 게이샤가 호노카, 마이코는 모모카라고 했다.

"이 사람이 기온의 탐정인 코마츠 씨. 그리고 옆에 있는 건……."

카즈요가 그녀들에게 소개를 하려고 했다.

"키요타카, 오랜만이네."

아야카는 그렇게 말하고 까르르 웃었다. 호노카와 모모카는 키요타카를 모르는지 잔잔한 웃음을 입가에 띠고 있었다.

"세이지 씨의 손자야."

바로 그렇게 아야카가 보충 설명하자 두 사람은 아아, 하고 얼굴을 환하게 밝혔다.

"야가시라 선생님의……."

"소문대로 미남이시네."

키요타카가 아니라며 고개를 젓자 아야카는 즐겁게 이야기를 이어나갔다.

"맞다. 미남이지만 '의외로 차이는 캐릭터'라고 세이지 씨가 말했던 그 손자다."

"어머니도 참."

모모카와 호노카가 후훗, 하고 웃었다.

"할아버지가 그런 말씀을……."

키요타카는 어깨를 늘어뜨렸고, 그 옆에서 엔쇼가 "그라믄 또 차인 거가."라며 진심으로 유쾌한 듯이 큭큭 웃었다.

코마츠도 함께 웃고 싶었지만 엔쇼를 보는 키요타카의 어두운 눈빛이 무서워서 웃음이 쏙 들어갔다.

다시 엔쇼도 소개하고 나서 코마츠는 목 상태를 가다듬고 카즈요와 아야카 쪽을 봤다.

"그런데 의논하실 내용은 뭔가요?"

아야카는 마음을 다잡은 듯이 호노카와 모모카에게 시선을 보냈다.

"이 두 사람은 우리 집의 중요한 아이들이라서 항상 함께 일하고 있는데."

"기온에서도 인기 많은 두 사람이라서."

카즈요가 덧붙였다.

호노카는 참하게 아름답고 모모카는 사랑스럽고 상당한 미소녀였다. 인기가 많다는 말에도 동의할 수 있었다.

"최근에 모모카를 쫓아다니는 사람이 생겼는데."

아야카는 뺨에 손을 대고 주저하며 말했다.

"쫓아다닌다니요?"

키요타카가 그렇게 묻자 호노카와 모모카는 얼굴을 마주 봤다.

"항상 연회를 마치고 돌아갈 때 정신을 차리고 보면 따라오 고 있는 경우가 있는데."

"사진을 찍히거나 했나요?"

"네, 찍혔는데. 하지만 사진을 찍히는 건 저희에게는 드문 일이 아니에요. 하지만 그 사람은 무서워서."

모모카는 그렇게 말하고 무릎으로 눈길을 떨어뜨렸다.

마이코에게 스토커가 붙은 것이라 여기며 코마츠는 맞장구 를 쳤다.

그 옆에서 키요타카가 질문을 계속했다.

"따라온다고 느낀 것은 언제부터인가요?"

"계속 훈련을 받고 세 달 전에 마이코로서 각 요정에 인사 를 다니다가…… 연회에 데뷔했는데 그리고 얼마 있다."

그렇게 말한 모모카에게 호노카가 "맞다."하고 동의했다.

"처음에는 지나가던 남자가 모모카에게 한눈에 반해 일방 적으로 따라온다고 생각했는데."

"그게 아니었나요?"

"마이코라는 직업이 원래 사람들의 시선을 받는 존재이니 신경 쓰지 않으려 했고, 그리고 따라다닌다 해도 매번 그러는 건 아니니까. 하지만 요전에 호노카 씨와 함께 있을 때 그 사람이 또 있는 것을 깨닫고…… 마음을 굳게 먹고 그 사람 쪽으로 다가갔는데, 계속 뭔가 중얼거리고 있더라고요. '죽인다, 죽여버린다' 이렇게……. 참말로 무서워서."

모모카는 그렇게 말하고 무릎 위에서 주먹을 꼭 쥐고 몸을 떨었다.

키요타카와 코마츠와 엔쇼는 날카로운 눈빛을 보냈다.

"키와 몸집은 어땠는교?"

엔쇼가 조용히 그렇게 물었다.

지금까지 말없이 있던 엔쇼가 처음으로 입을 열자 옆에 앉은 키요타카는 놀란 기색을 보였다.

그러자 모모카는 천장을 올려다보며 기억을 더듬었다.

"보통 키에 보통 몸집이고, 항상 모자와 마스크, 안경을 쓰고 검은 옷을 입고 있어요."

모모카가 그렇게 말하자 호노카도 이어 말했다.

"하지만 분명 돈이 많은 사람인 것 같은데. 손님으로 왔을지도 모르고."

"어째서 그렇게 생각하셨나요?"

키요타카가 의아해하며 물었다.

"좋은 신발을 신고 있어서."

호노카는 확신에 찬 말투로 대답했다.

"좋은 신발을……."

"맞다. 어머니가 자주 그 사람을 알고 싶으면 발밑을……. 신발을 보라고 하셨거든요."

"훌륭하시네요."

키요타카가 미소 짓자 코마츠는 자신의 신발은 너덜너덜하다며 눈을 감았다.

한편 엔쇼는 아무 말 없이 호노카를 보고 있었다.

"그런데 모모카 씨는 누군가가 따라다니거나 누군가에게 원한을 산 기억은 없나요?"

키요타카가 다시 묻자 모모카는 잠시 생각하고 고개를 저었다.

"저는 손님이 아니니 솔직히 대답해주시기를 바랍니다. 상대가 원하지 않는 이별을 한 전 연인이나 혹은 의도하지 않고 기대를 심어줬다 저버린 손님은 없으신가요?"

"아니에요. 남자친구가 있었던 적도, 특별히 친한 남성도 없습니다. 아직 연회에 나간 날도 적어서 착각을 줄 만큼 친해진 손님도 없고."

그녀의 말에서 거짓은 느껴지지 않았는지 키요타카는 조용히 맞장구를 쳤다.

"……모모카 씨는 어째서 마이코가 되셨나요?"

모모카는 살짝 볼을 붉혔다.

"계기는 부끄럽지만 옛날에 교토로 관광 와서 마이코 체험을 한 적이 있었는데, 그때 많은 사람의 시선을 느꼈죠. 그게 계기가 되어 진짜 마이코가 되고 싶다고 생각했죠."

"부모님은 반대하지 않으셨나요?"

"처음에는 부모님이 반대하셨는데. 그렇게 만만한 세계가 아니라면서. 하지만 끝까지 물러서지 않자 결국 인정해주셨어요. 지금은 응원해주고 계십니다. 첫 무대 때도 와서 축하해주셨고."

다행이라며 키요타카는 미소 지었다.

"그러면 호노카 씨께도 여쭙겠습니다."

갑자기 키요타카의 질문을 받고 호노카는 놀란 듯이 눈을 깜빡였다.

"저 말인가요?"

"네, 그 스토커는 모모카 씨가 아니라 당신을 따라다녔던 것일지도 모릅니다. 혹시 짚이는 데는 없으신가요?"

호노카는 곤란한 듯이 고개를 갸웃거렸다.

"술자리에서 남자분과 즐거운 시간을 보내는 직업이니까 모르는 사이에 호감을 사는 경우가 있을지도 모르지만 원한을 사는 경우는 없다고 생각하는데……."

"호노카 씨는 어떻게 이 세계에 들어오셨나요?"

"저희 엄마가 기온의 게이샤였어요. 그래서 엄마의 옛날 사진을 보고 동경했죠. 하지만 직접 겪어 혹독한 세계라는 걸 아는 엄마가 참말로 많이 반대했어요. 아빠도 많이 귀여워해 주셔서 더 힘들었죠. 마지막에는 거의 의절 상태였어요……."

"보통 첫 무대 때는 부모님이 오셔서 축하하는 경우가 많아요. 하지만 호노카 언니 때는 가족이 아무도 오시지 않았어요."

모모카가 안타깝다는 듯이 눈을 가늘게 뜨자 호노카는 괜찮다며 웃었다.

"엄마는 게이샤가 되면 인연을 끊겠다고 했죠. 어차피 각오한 일이라. 하지만 아빠는 울먹이며 전화를 했어요."

"부모님은 지금 어디 사시나요?"

"엄마의 본가는 대대로 오이타에서 온천 여관을 하고 있어요. 엄마는 지금 거기 주인으로 아빠는 요리사로 함께 여관을 꾸려나가고 있고요."

키요타카는 흐음, 하고 맞장구를 쳤다.

"그런데 오늘 밤에는 연회에 나가시나요?"

"오늘 밤에는 없어요."

"하지만 내일은 있어요."

두 사람의 대답을 듣고 키요타카, 코마츠, 엔쇼는 얼굴을 마주 보고 고개를 살짝 끄덕였다.

"알겠습니다. 내일 당신이 일을 마치고 돌아갈 때 저희가 몰래 미행해 스토커를 조사하고 가능하면 붙잡아 보겠습니다."

그 말에 모모카는 "참말로 고맙습니다."하고 진심으로 안심한 듯이 머리를 숙였다.

긴장감이 풀리고 "슬슬 가보겠습니다."하고 세 사람이 일어났을 때 아야카가 "아아, 맞다."하고 생각난 듯이 한 손을 들었다.

모두가 주목하자 아야카는 말하기 곤란한 듯이 어깨를 으쓱거렸다.

"이건 동네를 돌아다닐 때 겸사겸사 살펴봐도 상관없는데…… 최근 기온에 기묘한 소문이 돌고 있어요."

아야카가 꺼낸 화제에 지금까지 미소 짓고 있던 모모카와 호노카의 얼굴이 굳어졌다.

"그건 어떤 소문인가요?"

"최근…… 유령이 나온답니다."

아야카는 쓴웃음을 지으면서 그렇게 말하고 뺨에 손을 댔다.

그러자 카즈요가 "아아."하고 맞장구를 쳤다.

"기호회에서도 화제에 올랐는데. 하지만 다들 안 믿는다고 해서."

"나도 믿지는 않는데."

아아캬도 한마디 덧붙였다.

"유령이라……."

너무나도 의외인 말에 키요타카, 코마츠, 엔쇼는 무심코 얼굴을 마주 봤다.

5

다음 날.

키요타카는 출근하기 위해서 키야마치 시조를 내려가 사무소로 향하고 있었다.

코마츠 탐정 사무소의 아침은 늦게 시작된다. 첫날도 그랬지만 출근 시간은 오후 1시. 기온이라는 동네에 탐정이라는 직업의 특성을 생각하면 이 시간부터 업무를 시작하는 것은 타당할지도 모른다.

어제와 마찬가지로 키요타카는 출근 시간 30분 전인 12시 반에 사무소의 미닫이문을 열었다.

"안녕하세요."

사무소로 발을 들이다가 키요타카는 놀란 표정을 지었다.

사무소에는 이미 엔쇼가 나와 있었다. 엔쇼는 티셔츠와 청바지, 모자라는 편한 차림새였다. 하지만 진짜 놀란 것은 우두커니 선 엔쇼의 발밑에 코마츠가 웅크리고 있었기 때문이다.

"엔쇼, 코마츠 씨……."

키요타카는 멍하니 엔쇼와 코마츠를 번갈아 봤다.

여기에 웅크리고 앉아 있는 것이 아오이였다면 "뭐 하는 짓이야."라고 소리치며 당장 엔쇼의 멱살을 잡았겠지만, 상대가 코마츠이기 때문에 냉정하게 상황을 바라볼 수 있었다.

얼핏 엔쇼가 코마츠에게 무슨 짓을 한 것처럼 보이기는 하지만 그렇지 않은 것 같다. 지금 엔쇼는 모자를 쓰고 있는 상태고 코마츠는 머리부터 모포를 뒤집어쓰고 있다. 그것은 엔쇼가 사무소에 도착한 지 아직 얼마 되지 않았다는 것이며 코마츠에게는 아무 짓도 하지 않았다는 것을 증명한다.

"모른다. 와보니 이런 상태다."

엔쇼는 고개를 돌리자마자 이게 대체 뭐냐며 어깨를 으쓱거렸다.

"코마츠 씨, 왜 그러세요?"

키요타카가 다가가자 코마츠는 천천히 얼굴을 들었다. 눈 밑에는 다크서클이 짙고 얼굴은 새파랬다.

"괜찮으세요?"

그러자 코마츠는 입을 뻐끔뻐끔 움직였다.

키요타카와 엔쇼는 "응?"하고 되물었다.

"봤어……."

"봤다고요?"

"뭐고, 아재. 부인이 바람피우는 현장이라도 목격한 거 같은데."

"아아, 그러면 정신이 나가버리죠."

"댁한테도 그런 날이 올지도 모른다."

"만약 그렇게 되면 상대 남자에게 터무니없이 악질적인 해코지를 할 것 같네요."

"무섭데이. 코마츠 씨, 이렇게 되면 안 된데이."

그런 두 사람에게 코마츠는 "아니야!"라고 소리를 질렀다.

"뭐가 아닌데?"

"봐, 봤다고. 유령이, 진짜 나왔어."

벌벌 떨면서 코마츠가 그렇게 말하자 키요타카와 엔쇼는 얼굴을 마주 봤다.

일단 이야기를 들어보자면서 엔쇼는 코마츠가 머리부터 뒤집어쓰고 있는 모포를 벗겨내고 소파에 앉혔다.

그동안 키요타카는 커피를 준비해서 엔쇼와 함께 맞은편에 앉았다.

"어젯밤 형씨들이 돌아간 뒤 나는 기온을 순찰하려고 잠시 동네를 어슬렁대고 있었어. 그때는 특별히 아무 일도 없어서 일단 사무소로 돌아왔지."

코마츠는 고개를 숙인 채 더듬더듬 이야기하기 시작했다.

키요타카와 엔쇼는 나란히 앉은 상태로 그의 이야기에 귀를 기울였다.

"잠시 사무소에서 경리 관련 일을 하고 오늘 만날 예정인 타카츠지 씨에 대해 조사하다가 문득 떠올랐어. 귀신은 새벽

2시에서 2시 반에 나타난다는 말이."

엔쇼는 진부하다고 중얼거렸고, 키요타카는 "뭐, 그렇다고 하죠."라며 고개를 끄덕였다.

"시간을 확인하니 새벽 1시가 지났고 다시 한번 순찰을 돌려고 사무소를 나섰지. 기온코부를 빙글빙글 도는데 게이샤 두 사람이 요정에서 막 나오더군. 일을 마치고 오쿠야로 돌아가던 차였어. 나는 지켜볼 생각으로 그녀들의 뒤를 걷고 있었지. 의심받지 않도록 거리를 확실히 두고서."

두 사람은 말없이 맞장구를 쳤다.

"그랬더니 그녀들이 꺄악, 하고 비명을 질렀어. 무슨 일인가 했더니 앞쪽에서 흐릿한 흰 그림자…… 흰 기모노를 입고 반투명한 상태로 이쪽을 보고 웃고 있었어. 게이샤들은 그 자리에 주저앉아 서로의 몸을 끌어안고 있었고. 나도 너무 놀란 나머지 움직이지 못하고 있는데 흰 그림자가 이쪽을 향해 걸어오더군."

"…………."

엔쇼는 험상궂은 표정으로 팔짱을 꼈다.

"그래서 코마츠 씨는 어떻게 하셨나요?"

"나는 비명을 지르며 그 자리에 주저앉았지. 어느 순간 정신을 차려보니 유령의 모습은 사라졌고 함께 있던 게이샤가 오히려 괜찮으냐고 걱정해주더군."

코마츠는 한심하다며 얼굴을 두 손으로 덮었다.

"하지만 그건 더 이상 만나서는 안 되는 존재였어. 난 어쩌면 이대로 화를 입을지도 몰라. 아니, 벌써 빙의됐을지도 몰라."

코마츠는 자신의 양손으로 눈길을 떨어뜨리고 진지하게 말했다.

엔쇼는 어이없다는 기색을 보였지만 키요타카는 부드럽게 미소 지었다.

"괜찮습니다. 저는 직업상 귀신에 씐 사람을 만나기도 하는데, 코마츠 씨에게서 그런 느낌은 없습니다."

"지, 진짜야?"

"이번엔 영능력자가. 댁은 뭐든 다 하는구먼."

그런 엔쇼를 무시하고 키요타카는 이어 말했다.

"네, 괜찮아요. 그러니까 세수하고 타카츠지 씨 집으로 갈 준비를 하세요."

코마츠는 "알았어."하고 어색하게 고개를 끄덕이고 세면대로 향했다.

엔쇼는 코마츠의 모습이 사라지자마자 키요타카에게 시선을 보냈다.

"이보쇼, 댁은 어떻게 생각하노?"

"코마츠 씨가 유령 같은 것을 본 건 사실이겠죠. 하지만 그것이 진짜 유령인지…… 목격 정황을 좀 더 알아보고 싶군요."

엔쇼는 흐으음, 하고 팔짱을 꼈다.

"그라면 타카츠지 씨한테는 댁이랑 코마츠 씨만 가도 된다. 내는 이 주변에서 탐문 조사를 할게."

키요타카는 흐음, 하고 맞장구를 쳤다.

"그거 나쁘지 않네요. 부탁해도 될까요?"

"그래."

"카즈요 씨에게 연락해둘 테니 그녀의 협력을 받으세요."

엔쇼는 예이, 하고 건성으로 대답하며 고개를 끄덕였다.

"그라면 저녁에 다시 이 사무소에서 보자고."

엔쇼는 일어나서 모자를 다시 썼다.

"네, 잘 부탁합니다."

키요타카의 말을 등으로 들은 엔쇼는 돌아보지 않고 한 손을 든 다음 그대로 사무소를 나갔다.

6

엔쇼가 유령 소동을 조사하러 나간 후 키요타카와 코마츠는 키요타카의 할머니 지인 의뢰자, 타카츠지 코이치의 자택으로 향했다.

타카츠지 씨의 저택은 히가시야마, 치온인 쪽에 있었다. 시간도 있고 모처럼 나왔으니 마루야마 공원의 동쪽에서 치온인의 경내로 향하기로 했다.

"실은 나 치온인에 오는 건 처음이야."

코마츠는 마루야마 공원을 어슬렁어슬렁 걸으며 키요타카와 함께 치온인의 경내로 발을 들였다.

"의외로 그런 사람도 많은 듯하더군요. 야사카 신사나 키요미즈데라로 주로 간다고 할까요."

"맞아. 이름은 자주 들어서 익숙한 것 같지만."

"경내에 들어간 적이 없다니, 아깝습니다. 정토종 총본산답게 높은 격식을 느낄 수 있고, 국보인 장엄한 산몬은 일본 삼대문 중 하나라고 불리고 있습니다."

"일본 삼대문은 들어본 적 있어."

"호류지 난다이몬, 토후쿠지 산몬, 그리고 이 치온인의 산몬입니다."

키요타카는 발걸음을 멈추고 치온인의 산몬을 올려다봤다.

"……이거 대단하네."

코마츠의 목이 꿀꺽 소리를 냈다.

치온인의 산몬은 경사가 급한 돌계단 위에 히가시야마를 등지고 우뚝 서 있었다. 보는 사람을 압도하는 거대한 2층 이중문이었다.

"크죠? 현존하는 일본 사원의 산몬 중에서 가장 크다고 합니다."

도쿠가와 2대 쇼군 도쿠가와 히데타다가 기부한 것이라고 키요타카는 덧붙였다.

"형씨는 잘 아네, 걸어 다니는 가이드북이야."

코마츠는 그렇게 말하고 웃으면서 산몬을 올려다봤다.

"아니, 하지만 이 문을 보는 것만으로도 가치가 있어. 다행이야."

코마츠는 응, 하고 고개를 끄덕이고 산몬에서 등을 돌리려고 했다.

"그러면 본당을 참배할까요?"

키요타카는 그렇게 말하며 돌계단을 향해 걷기 시작했다.

"어, 어어? 저 계단을 올라가는 거야?"

"네, 모처럼 왔으니까요."

"노인네라 계단은 힘들다고."

"운동할 좋은 기회잖습니까."

키요타카는 내켜하지 않는 코마츠를 끌어당기듯이 돌계단을 올라가 본당을 참배했다.

"형씨는 신앙심이 돈독하네."

참배를 마친 후 나직하게 중얼거리는 코마츠에게 키요타카는 쓴웃음을 지었다.

"그렇지도 않아요."

"그래? 새전을 그렇게나 넣었는데?"

"저는 사원의 문화와 조형미를 사랑합니다. 거기로 발걸음을 옮겨 참배하고 조금이라도 돈을 넣는 행위가 그 문화를 보호하는 것으로 이어진다고 믿고 있습니다. 잃고 싶지 않아요."

진지하게 이야기하는 키요타카에게 코마츠는 왠지 모르게 압도되어 입을 다물었다.

"신앙심과는 다르죠?"

짓궂게 눈을 활처럼 가늘게 뜨는 키요타카를 보고 코마츠는 고개를 갸웃거렸다.

"예술에 대한 신앙심이로군."

"그건 인정합니다."

키요타카는 후훗, 하고 웃고 고개를 끄덕였다.

치온인을 나와서 조금 걷자 바로 타카츠지 저택에 도착했다.

이 좁은 교토에, 게다가 히가시야마에 잘도 이렇게까지라는 생각이 들 만큼 상당히 큰 저택이었다. 하지만 외관은 그다지 화려하지 않아서, 기와지붕에 툇마루 등 교외의 시골 마을에서 볼 법한 전통적인 저택이기도 했다.

시골 마을과 달리 정원이 넓지는 않지만 석등롱에 계절별로 피는 꽃들, 대나무 홈통의 한 쪽에 물이 쏟아지면 반동으로 다른 쪽이 튕겨서 돌을 때려 소리를 내게 만든 시시오도시 등 세심하게 관리하고 있는 인상이었다.

코마츠는 타카츠지 저택을 올려다보고 하아, 하고 감탄의 숨을 내쉬었다.

"신축은 아니지만 이곳에 이만한 집을 짓다니, 대단하네."

"전전대가 사업으로 크게 성공해서 그대로 이어받은 듯합니다. 참고로 이번 의뢰인인 타카츠지 코이치 씨는 데릴사위라고 합니다."

"아아, 나도 그건 조사했어. 타카츠지 집안은 외동딸밖에 없어서 가마쿠라에 있는 명가의 도련님이 데릴사위로 왔다고. 하지만 명가라 해도 거의 몰락 상태였는지 자금 제공과 맞바꿔 타카츠지 집안으로 들어간 모양이야. 큰 부잣집에 몰락 가문의 아들이 데릴사위로 들어가다니, 그것만으로도 사건 냄새가 나지."

손을 비비는 코마츠를 보고 키요타카는 어이없다는 듯이 어깨를 으쓱거렸다.

"저택 부지 안이에요. 말조심하세요."

코마츠는 미안하다며 어깨를 으쓱거리고 저택을 올려다봤다.

건물 2층에 있는 복도를 슈트를 입은 중년 남성이 걸어가고 있는 모습이 보였다. 남자는 그대로 계단을 내려와 잠시 후 현관으로 나왔다.

이 사람이 타카츠지 코이치인가?

"어서 오십시오. 저는 이 집의 관리를 맡고 있는 도바시라고 합니다."

부드럽게 머리를 숙이는 그를 앞에 두고 코마츠와 키요타카도 인사를 했다. 속으로 그를 집사라 생각하며 코마츠는 자기소개를 했다.

"그러면 이쪽으로 오십시오."

코마츠와 키요타카는 저택으로 향하는 도바시의 뒤를 느릿한 발걸음으로 뒤따랐다.

"저를 죽인 사람을 알고 싶습니다."

……이렇게 여기서 첫 장면으로 이어진다.

안내받은 방은 1층 안쪽의 서양식 방이었다. 발이 파묻힐 듯한 감촉의 융단이 깔려 있고 고전적인 응접세트가 늘어서 있는 것으로 보아 이른바 응접실이리라.

방에는 코마츠와 키요타카 외에 다섯 명이 모여 있었다.

우선 의뢰인인 타카츠지 코이치(53).

그는 일인용 소파에 앉아 부드러운 미소를 띠고 있었다.

그런 코이치를 못 말리겠다면서 얼굴을 찌푸리고 있는 사람이 두 명.

후카자와 코지(43), 코이치의 친남동생으로 가마쿠라에 살고 있다.

후카자와 료코(42), 코이치의 친여동생으로 이 집에 같이 살고 있다.

표정으로 드러내고 있지는 않지만 곤란한 분위기의 사람이 두 명.

타카츠지 유카(50), 코이치의 아내.

도바시 타츠오(45), 집사. 부지 안의 별채에 살고 있다.

나를 죽인 사람을 알고 싶다니, 대체 무슨 소리인가.

코마츠가 입을 떡 벌리고 있는 옆에서 키요타카는 부드럽게 미소 짓고 있었다.

"그러면 자세한 이야기를 들려주시겠습니까?"

코이치는 고개를 끄덕이고 천천히 이야기하기 시작했다.

"지금으로부터 약 20년 전 밤, 이 일대에 정전이 일어났다고 합니다. 저는 그때 계단에서 발을 헛디뎌 아래로 순식간에 굴러 떨어졌다고 하는데, 그것이 원인이 되어 기억으로 잃고 말았습니다. 제게는 사고 이전의 기억이 없습니다."

코이치는 쓸쓸한 웃음을 띠었다.

"의사 선생님의 이야기에 의하면 머리를 강하게 부딪쳐서 기억 장애가 일어났다고 합니다. 저는 기억을 잃은 채 퇴원해 이 집으로 돌아와 앨범을 보거나 일기를 읽으며 과거의 자신을 되찾……기보다 배워갔습니다. 그때까지 저는 대인관계가 활발했던 듯하지만 그 후로는 사람을 만나는 게 무서워서 오랫동안 집에 틀어박혀 지냈습니다."

코이치는 "하지만."하고 고개를 들었다.

"20년이나 지났습니다. 이대로는 안 되겠다 싶어 적극적으로 사람을 만나자고 마음을 먹었습니다. 그 시작으로 전부터 권유가 있었던 기호회에 참여하기로 했습니다. 그런 저를 보고 아내도 기뻐해줘서 함께 기호회에 들어가 활동을 시작했습니다."

거기까지 말하고 코이치는 키요타카를 쳐다봤다.

"거기서 당신의 할머님인 츠바키 씨와 알게 됐습니다. 츠바키 씨와 이전의 저는 교류가 조금 있었다고 합니다. 당시의 제가 지금과 어떻게 다른지 츠바키 씨에게 물어보자 '코이치 씨는 아주 활동적인 사람이라는 느낌이었어요. 인기가 많았지요.'라고 가르쳐주시더군요."

키요타카는 "그러셨군요."하고 맞장구를 쳤다.

"여러 사람에게 과거의 저에 대해 물어보는 사이 아주 중요한 것을 잊고 있는 듯한 기분이 들었습니다. 참을 수 없는 충동에 사로잡혀서 과거에 썼던 서재를 철저하게 조사했습니다. 그랬더니 책장 사이에서 일기장을 발견했습니다. 우연히 발견한 것이었지요."

일기장이라고 했지만 그것은 어디에나 있을 법한 노트였다.

코이치는 그 노트를 키요타카에게 내밀었다.

"봐도 괜찮겠습니까?"

확인하는 키요타카에게 코이치는 고개를 끄덕였다.

"그러면 실례하겠습니다."

키요타카는 재빨리 흰 장갑을 끼고 그 노트를 받아 신중하게 펼쳤다.

페이지에는 20년 전 날짜가 적혀 있었다.

'……오늘 오랜만에 전철을 타려고 했는데 플랫폼에서 누군가가 등을 밀어서 하마터면 떨어질 뻔했다. 돌아보니 아무도 없었다. 틀림없다. 확실히 누군가가 나를 노리고 있는 것 같다.

밤길에서 차가 돌진해온 것도, 그 전에 오토바이가 달려온 것도. 모든 게 이상하다. 뭔가 있다.

다만 아직 확신까지는 할 수 없기 때문에 기록으로 남기기로 했다……'

일기는 그 한 페이지로 끝났다.

"그로부터 이틀 후에 저는 계단에서 굴러 떨어졌습니다."

그 말에 코마츠의 등줄기가 선뜩해졌다.

계단에서 굴러 떨어진 건 사고가 아니라 사건이었다는 뜻인가?

"그 후 생명을 위협받은 적이 있으십니까?"

그렇게 물은 키요타카에게 코이치는 고개를 저었다.

"전혀 없습니다."

코마츠는 어떻게 된 거냐며 팔짱을 꼈지만, 키요타카는 그저 고개를 끄덕였다.

"당신의 생명을 노린 자는 당신이 기억을 잃어서 더 이상 죽일 필요가 없어졌다는 뜻이네요."

키요타카의 말에 응접실에는 긴장감이 퍼지고 모두가 숨을 삼킨 것을 알 수 있었다.

"그러지 않을까 했습니다. 저는 어떤 의미에서 그날 밤 한 번 죽었으니까요……."

코마츠는 "그런 뜻인가."하고 팔짱을 꼈다.

"그래서 저를 누가 죽이려 했는지, 제가 무엇을 알아서 제 목숨을 노렸는지를 알고 싶었습니다."

코이치의 그 말에 키요타카는 "그건 당연합니다."라고 동의하며 방에 모인 사람들을 둘러봤다.

"여기 모인 분들은 당신이 계단에서 굴러 떨어진 밤에 저택에 계셨던 분들이지요?"

"그렇습니다. 가족을 의심하고 싶지는 않지만 계속 찜찜함을 품고 살아가고 싶지는 않아서……, 여기서 확실히 하고 싶습니다. 그래서 가족들에게는 억지를 부렸습니다."

무릎 위에서 주먹을 쥐는 코이치의 말에 모두가 미소를 지으면서도 곤란한 얼굴을 보이고 있었다.

"하지만 정말로 단순 사고일지도 모르고, 어쩌면 여기에는 없는 외부 인물의 짓일지도 모릅니다."

"네, 그건 물론 알고 있습니다. 그런 점도 포함해서 냉정한 제삼자의 의견을 듣고 싶습니다. 츠바키 씨에게 들었습니다. 당신은 '테라마치 산조의 홈즈'라고 불리는 명탐정이라고요."

매달리는 듯한 코이치의 눈빛을 받고 키요타카는 헛기침을 했다.

"할머니까지 그런 말씀을…… 아니요, 제가 홈즈라고 불리는 것은 성이 야가시라이기 때문입니다."

키요타카는 가슴에 손을 얹고 싱긋 미소 지었다. 그 옆에서는 또 그 대답이냐며 코마츠가 입가를 씰룩대고 있었다.

"그러면 한 분 한 분 말씀을 들어보겠습니다. 처음에는 코이치 씨부터 시작할 테니 다른 분들은 별실에서 대기해주십시오."

강렬한 눈빛으로 키요타카가 그렇게 말하자 모두는 당혹한 기색을 보이면서도 제각기 고개를 끄덕였다.

* * *

……한편, 그 무렵 엔쇼는 카즈요와 함께 오쿠야를 돌고 있

었다.

"맞아 맞아, 아케미 언니가 유령을 봤다고 했어요."

"어디에서?"

기온 지도를 보여주자 마이코는 "으음."하고 중얼거렸다.

"요정에서 돌아오는 길에 여기를 지나야 하고, 그러니까 이 부근 같은데……."

그렇게 말하고 작은 길을 가리켰다.

엔쇼는 "여긴가."하고 지도에 형광펜으로 표시를 했다. 그러자 옆에서 카즈요가 앞으로 나서며 물었다.

"어떤 유령이라고 했노?"

"울고 있는 어린아이라고 했어요. 눈이 없어서 새까만 구멍이 나 있었다고."

그 말에 카즈요는 자신의 몸을 껴안았다.

"참말로 무섭데이."

"그라믄 또 본 사람은?"

"그리고 나카무라야의 언니는 유령을 본 뒤로 밖을 못 나간다고 들었어요."

그렇게 대답한 그녀에게 엔쇼와 카즈요는 "고맙데이."라고 인사하고 그 자리를 떠났다.

"나카무라야는 어디요?"

엔쇼가 묻자 카즈요는 "이쪽이네."라며 경쾌하게 걸었다.

"뭐고, 나까지 탐정이 된 기분이다. 들썩들썩하네."

"당신도 기호회의 일원이지? 이런 일은 안 하는가?"

"안 해 안 해. 기호회는 동네 자치회 같은 거라. 차례로 순찰을 하거나 가끔 모여 식사를 하거나 트러블이 생기면 보고해 조심하라고 주의를 주는 정도이지."

엔쇼는 시시하다고 말하려다가 입을 다물었다.

그러자 카즈요는 그런 마음을 헤아린 듯이 후훗, 하고 웃었다.

"시시해 보이겠지만 기온도 노인 인구가 늘어나서 서로 교류하면서 생존을 확인하고 협력해야지. 좀 번거롭지만 인간은 혼자서는 살아갈 수 없으니까. 당신도 그렇지 않은가?"

싱긋 웃는 카즈요의 말에 엔쇼는 겸연쩍은 듯이 눈길을 돌렸다.

그리고 두 사람은 여기저기 탐문을 하고 한숨 돌리기 위해 사무소로 돌아가기로 했다.

"그라믄 차를 준비하지."

"아니, 지가 하겠습니다."

"괜찮아. 당신은 키요타카와 달리 그런 걸 잘 못할 것 같기도 하고."

"그렇지도 않은데."

부엌에서 입씨름을 하고 있는데 사무소 미닫이문이 드르륵 열렸다.

"실례합니다. 도우러 왔어, 키요 형. 뭐든 할게."

그렇게 말하며 리큐가 밝게 웃으면서 힘차게 들어왔다.

엔쇼가 "또 댁이가."라며 지긋지긋하다는 듯이 얼굴을 찌푸렸다. 그러자 리큐가 순식간에 차가운 눈빛을 보였다.

"미안하지만 그건 내가 할 말이야. 나는 키요 형을 만나고 싶었지 당신을 만나러 온 게 아니거든."

그렇게 독살스러운 말을 내뱉는 리큐를 보면서 "어머, 참말로 예쁘네."하고 카즈요는 눈을 빛내며 손을 맞잡았다.

카즈요의 말을 들으면서 엔쇼는 다시금 리큐를 위에서 아래로 훑어보고 뭔가를 떠올린 듯이 "그럼요."라며 입가를 끌어올렸다.

7

한편 타카츠지 저택에서는 키요타카가 한 사람씩 이야기를 듣고 있었다.

우선 의뢰인인 타카츠지 코이치(53)부터 시작해서 코마츠는 다시금 그를 찬찬히 훑어봤다.

코이치는 피부가 좋아서 나이보다 젊어 보이는 중년 남성이다. 특별히 잘생기지는 않았지만 아마 밝은 인생을 걸어 온 것 같다고 생각하게 만드는 분위기를 가지고 있었다. 키요타카의 할머니가 '활동적이고 인기가 많았다'고 했던 것도 이해가 갔다. 코마츠가 상상한 '데릴사위'와는 전혀 달랐다.

"······그날 일이라면 제게는 기억이 없고, 눈을 떠보니 병원이었습니다. 병실에는 오늘 모인 사람들이 모두 있었습니다. 아내인 유카가 눈을 뜬 저를 보자마자 얼굴을 찌푸리고 눈물을 흘리며 기뻐해줬지만 저는 '누구지?'라고 생각했지요."

코이치는 그렇게 말하고 쓴웃음을 지었다.

"참으로 혼란스러우셨겠군요."

위로하는 눈빛을 보이는 키요타카의 말에 코이치는 어렴풋이 고개를 갸웃거렸다.

"혼란스럽다기보다 머리를 부딪친 탓인지 멍한 느낌이었습니다. 제가 아무것도 모른다는 사실을 알자 모두는 정말 놀란 기색이었고, 의사 선생님이 일시적인 증상이라고 이야기하는 것을 아무 생각 없이 들었습니다. 저도 '지금은 이렇게 멍하지만 조만간 생각나겠지'라고 생각했습니다. 하지만 시간이 아무리 지나도 과거의 기억은 살아나지 않았습니다."

코이치는 조금 쓸쓸한 듯이 눈을 내리떴다.

"과거의 기억은 전혀 없으십니까? 예를 들어 어릴 때 기억도?"

"경치에 대한 기억은 있습니다. 가마쿠라에 갔을 때 그립다고 느꼈고, 기온을 걸으면 가슴이 뛰는 듯한 감각도 있어서 '아아, 좋아하는 동네구나'라고 실감한다고 해야 할까요. 저는 영어를 잘하는지 영문도 읽을 수 있고 옛날에 좋아했던 듯한 책의 결말도 왠지 알고 있으니 기억의 어딘가에는 남아 있는 거겠죠. 그런 느낌을 받으면 기쁘고도 쓸쓸한 기분이 듭니다."

키요타카는 흐음, 하고 맞장구를 치고 질문을 계속했다.

"당신은 기억을 잃고 나서 약 20년 동안 이 집에서 지내셨는데, 그동안 가족들과의 관계는 어떠셨습니까?"

"특별히 트러블 없이 지냈습니다. 저는 데릴사위지만 아내는 항상 저를 배려하고 체면을 세워주고 있습니다. 지난 20년 동안 이 집에서 지내면서 제가 데릴사위라는 것을 믿을 수 없다고 몇 번이나 생각할 정도였지요……."

"당신의 여동생은 여기서 계속 같이 사셨나요?"

"아니요, 제가 계단에서 떨어진 날 밤 동생들이 우연히 놀러와 있었다고 합니다. 그 후 제가 기억을 잃자 아내가 크게 낙담했고, 여동생은 그런 아내를 뒷바라지하는 동안 어느새 타카츠지 집안의 일도 돕게 되고 그대로 같이 살게 되었습니다. 남동생은 가마쿠라에 살지만 저를 배려해서 자주 놀러옵니다."

키요타카는 그렇습니까, 하고 고개를 끄덕였다.

"집사인 도바시 씨에 대해서는 기억하십니까?"

코이치는 아아, 하고 맞장구를 쳤다.

"도바시 집안은 대대로 타카츠지 집안을 섬기고 있다고 합

니다. 도바시 씨의 부모님도 과거에는 따로 살며 저희 집을 도
와줬다고 하더군요. 도바시 씨로 대가 바뀐 지금 전대는 오하
라에서 느긋하게 은퇴 생활을 하고 있다고 합니다."

"오하라에서 은퇴 생활이라니, 이상적이군요."

흐뭇한 눈빛을 보이는 키요타카의 말에 '왠지 쓸쓸할 것 같
은데.'라고 코마츠는 마음속으로 중얼거렸다.

대강 이야기를 들은 키요타카는 알겠다며 고개를 끄덕이고
이어서 아내인 유카를 불렀다.

* * *

……타카츠지 유카(50)의 증언.

코이치의 처, 유카는 살빛이 희고 몸이 가냘프며, 여리여리
한 선과 소극적인 분위기가 느껴지는 여성이었다. 미인은 아
니지만 참한 색향과 함께 고상한 기품이 느껴졌다. 남편의 영
향인지 표준어를 쓰지만 억양은 간사이 특유의 것이었다.

"남편이 계단에서 굴러 떨어진 날은 밤 9시 경에 정전이 됐
어요. 놀러왔던 코지 씨와 료코 씨는 그때 이미 방으로 돌아
가 있었고, 저도 쉬려고 했어요. 도바시 씨에게 내려가라고 하
고 저는 방으로 돌아가려고 했지요. 하지만 남편은 친구에게
초를 받았으니 그 불빛을 바라보며 브랜디를 마시고 싶다면서

서재로 들어갔어요. 저는 그렇게 하라고 하고 그대로 침실로 갔습니다."

유카는 거기까지 말하고 슬픈 듯이 눈을 내리뜨고 다시 입을 열었다.

"남편이 계단에서 떨어진 사실을 안 건 잠에 든 무렵인 듯해요. 큰 소리가 났어요. 제가 바로 방에서 나오자 마찬가지로 소리를 들은 료코 씨도 방에서 나왔고…… 그리고 계단 아래 엎드려 쓰러져 있는 그를 봤어요. 저는 순간 죽었나 싶어서 심장이 멈출 뻔 했어요. 하지만 남편이 신음 소리를 내서 안심하고 바로 구급차를 불렀죠."

이야기를 다 듣고 키요타카는 "그렇습니까."라고 응수했다.

"남편분이 기억을 잃어서 충격을 받으셨겠군요."

그녀는 네, 하고 눈을 내리떴다.

"기억 상실은 드라마 속에나 나오는 줄 알았어요. 정말로 있는 일이었네요."

"부인은 이번에 남편이 하신 의뢰에 대해 어떻게 생각하셨습니까?"

"……충격이긴 했지만 그럴 수도 있다고 생각해요. 아무것도 기억하지 못한 채 이 집에서 살았어요. 분명 스트레스도 받았겠죠. 20년 동안 쌓인 것이 불거져 나왔을지도 몰라요. 마음이 풀릴 때까지 조사하게 하고 싶어요."

유카는 그렇게 말하고 마치 엄마처럼 다정한 눈빛을 보였다.

"당신은 사고라고 생각하시나요?"

"네, 사고라고 생각해요. 료코 씨는 저와 거의 동시에 방에서 나온 것을 봤고, 도바시 씨는 집무실에, 코지 씨는 정원에 있었어요. ……저희 집은 넓지만 오래된 구조를 그대로 둬서 당시에는 화장실이 1층에만 있었어요. 술을 마신 상태로 화장실에 가려고 계단을 내려가다 발을 헛디뎠을 거예요."

"'당시에는'이라면 지금은 2층에도 화장실이 있나요?"

"네, 남편에게 그런 일이 일어나서 리모델링해 2층에도 화장실을 만들었어요."

키요타카는 "그렇군요."라며 맞장구를 쳤다.

"만약 살인 미수라고 가정하면 남편분이 죽어서 이득을 보는 사람은 있나요?"

그렇게 묻자 유카는 곤란한 듯이 고개를 갸웃거렸다.

"이런 말을 하고 싶지는 않지만, 타카츠지 집안의 재산은 제가 물려받게 되어 있기 때문에 남편이 죽는다고 해서 제가 얻는 것은 없어요. 외로워질 뿐이에요. 그 사람의 동생들도 마찬가지예요. 그 사람이 죽으면 타카츠지 집안과의 관계도 끊어지고, 도바시 씨도 그 사람이 죽는다고 얻을 건 없을 거예요."

그 이야기를 들으면서 코마츠는 무심코 호오, 라고 중얼거렸다.

키요타카는 질문을 계속했다.

"그렇다 해도 타카츠지 집안의 재산은 상당할 겁니다. 아무리 당신이 물려받도록 정해져 있다 해도 남편분이 곁에 있으면 실질적으로 두 분이 물려받게 되겠죠?"

"······그렇게 말씀하시면 그럴지도 모르지만, 저는 어릴 때부터 엄격한 환경에서 자란 탓인지 돈에 그다지 집착하지 않아요. 지금까지와 마찬가지로 생활할 수 있으면 그 이상은 바라지 않고, 많은 돈보다도 남편과 함께 지내고 싶어요."

그녀가 강하게 말하자 코마츠는 '지금까지와 똑같은 생활이라고 간단히 말하지만 꽤나 사치스럽군'이라고 생각하면서도 많은 돈보다 남편과 있고 싶다고 한 그녀의 말에 저도 모르게 감동했다.

한편 키요타카는 냉정한 모습으로 물었다.

"금전 문제가 아니라면 감정적인 문제는 어떤가요? 부부 사이에서 트러블이 있었던 적은 없습니까?"

"남편은 어떻게 생각했는지 모르지만 저는 맞선 상대인 남편을 사랑해 결혼했어요. 아주 상냥하고 밝고 쾌활해서 세상 물정을 모르는 제게는 눈부신 사람이었어요. 결혼하고 행복했어요. 남편은 결혼식 기억도 잃어버렸지만요······."

유카는 안타까운 듯이 눈을 가늘게 떴다.

"지금의 부부 관계는 어떠신가요?"

"저는 양호하다고 생각했어요. 최근 함께한 기호회 활동도 즐겁게 하고 있었고요. 그야말로 탐정님처럼 동네의 문제를 해결하기 위해 애쓰고 있었거든요. 아아, 이건 여러분의 일을 빼앗고 있는 것일지도 모르겠네요."

"아닙니다, 만약 기호회에 벅찬 일이 있으면 꼭 '코마츠 탐정 사무소'를 불러주세요."

가슴에 손을 얹고 느릿하게 웃는 키요타카에게 그녀는 꼭 그러겠다며 미소 지었다.

"그러면 남편분과 동생분들의 관계는 어떤가요?"

"좋아요. 터울도 많이 지고 남편이 아주 온후해서 싸운 적이 없어요."

"남편분과 도바시 씨의 관계는요?"

"남편은 배려심이 아주 많은 사람이라 도바시 씨도 존경하고 있다고 생각해요. 돌아가신 저희 아버지는 난폭한 면이 있어서, 입 밖으로 꺼내지는 않았지만 다음 주인이 상냥한 사람이면 좋겠다고 생각하는 것 같았어요."

키요타카는 "그런가요."라고 맞장구를 쳤다.

"감사합니다."

그렇게 말하며 미소 짓고 다음 차례로 도바시를 불렀다.

　　　　　　　* * *

　……도바시 타츠오(45)의 증언.

　도바시는 냉정한 분위기를 풍기며 성실해 보이는 인상의 남성이었다. 체격도 건장하니 이 집의 보디가드로도 손색이 없어 보인다.

　"저는 항상 저녁 10시까지 남아서 일을 하기 때문에 그날 밤도 그 시간까지 있었습니다."

　그렇게 말한 도바시에게 키요타카가 확인했다.

　"9시에 정전이 되었다고 하는데, 도바시 씨는 정전 후 한 시간은 저택에 계신 거군요?"

　도바시는 네, 하고 고개를 끄덕였다.

　"정전이 되면 위험하기 때문에 회중전등을 들고 순찰을 했습니다."

　"순찰하실 때 코이치 씨를 보셨습니까?"

　"네, 서재에 계셔서 노크하고 상태를 확인했습니다."

　"그는 서재에서 무엇을 하고 계셨습니까?"

　"일인용 소파에 앉아 브랜디 잔을 한 손에 들고 턱을 괴고 계셨습니다. 촛불을 바라보면서 뭔가 생각하고 있는 모습이었죠. 맞아, 저는 촛불 조심하세요, 라고 말했습니다."

　도바시는 생각난 듯이 말했다.

"그 후 당신은 저택을 나와 바로 별채로 가셨습니까?"

"아니요. 이건 항상 하는 일입니다만, 1층 집무실에서 램프 불빛에 의지해 일지를 쓰고 있었습니다."

"그날 것만이라도 좋으니 그 일지를 볼 수 있을까요?"

"네, 아마 그렇게 말씀하실 것 같아서 여기에 준비해뒀습니다."

그렇게 말하며 도바시는 검은 가죽 장정의 수첩을 내밀었다. 수첩에는 날짜와 함께 다음과 같이 간단히 적혀 있었다.

'코지 씨, 료코 씨 방문. 저녁 9시 경에 정전, 순찰, 이상 없음'

그 아래에는 다음 날 날짜의 내용이 있었다.

'코이치 씨, 계단에서 사고. 입원'

"그리고 이것이 의사의 진단서를 모은 것입니다."

코이치 씨의 지시를 받아 준비했다며 도바시는 서류를 꺼냈다. 그곳에는 당시 코이치를 진단한 의사의 견해와 계단에서 굴러 떨어졌을 때의 상황 등이 정리되어 있었다.

키요타카는 "감사합니다."라고 인사하고 서류로 눈길을 떨어뜨렸다. 코마츠도 옆에서 고개를 내밀어 들여다보고 입을 떡 벌렸다.

"관자놀이 부근을 강하게 맞은 모양이야. 후두부에 상처는 없어. 기억 장애에 대해서는 해마를 자극한 것은 틀림없지만 원인이 불명이고 스트레스도 관련되어 있지 않을까 짐작한다, 라고 적혀 있군."

키요타카는 고개를 끄덕이고 도바시를 봤다.

"코이치 씨가 굴러 떨어졌을 때 당신은 집무실에 계셨습니까?"

"네. 큰 소리가 나서 달려갔습니다. 이미 거기에 유카 씨, 코지 씨, 료코 씨가 모여서 괜찮으냐며 말을 걸고 계셨습니다. 저는 바로 구급차를 불렀고요."

키요타카는 "알겠습니다."하고 고개를 끄덕였다.

"감사합니다. 그러면 이어서 코지 씨를 불러 주시겠습니까?"

머리를 숙이고 이어서 코이치의 남동생인 후카자와 코지를 불렀다.

* * *

……후카자와 코지(43)의 증언.

코지는 코이치와 열 살이나 터울이 지는 동생이다. 그래서 그런지 나이보다 외모도 정신적으로도 젊게 느껴졌다.

코이치가 계단에서 떨어졌을 당시 그는 취직한 지 얼마 되지 않았다고 한다.

"그날 밤에는 제게도, 동생인 료코에게도 저녁식사 때 형이 술을 많이 권했어요. 료코는 비틀대며 침실로 갔고, 저는 정전이 된 게 여기만 그런 건지 근처도 그런 건지 알고 싶어서 회중전등을 들고 밖으로 나갔죠."

그렇게 이야기하는 코지에게 키요타카는 맞장구를 쳤다.

"결과는 어땠습니까?"

"이 부근 일대가 정전이었어요. 별이 아주 예뻐서 밤하늘을 바라보며 산책하면서 집으로 향했죠."

"아아, 분명 밤하늘이 아주 아름다웠겠네요."

부드럽게 이야기하는 키요타카에게 코지도 네, 하고 동의했다.

"정원으로 돌아와도 정전은 여전해서 저택은 캄캄했어요. 회중전등으로 저택을 비추자 2층 통로를 걷는 사람 그림자가 보이더군요. 커튼이 쳐져 있어서 그때는 누구인지 몰랐지만 그게 형이었다는 걸 나중에 알 수 있었어요. 그 그림자가 계단 쪽에 멈춰 서자 엄청난 소리가 나서…… 저는 누군가가 계단에서 떨어졌다고 생각해 바로 저택 안으로 달려갔어요. 계단 아래 도착했을 때 마침 형수님과 료코, 도바시 씨도 왔고, 도바시 씨가 구급차를 불렀습니다."

키요타카는 흐음, 하고 고개를 끄덕였다.

"참고로 그날 여러분 남매가 여기에 놀러온 데는 이유가 있었습니까?"

"형이 가끔 얼굴 좀 비추라며 불렀어요. 뭐, 당시에 제가 다친 것과 동생이 파혼된 게 겹쳐서 그걸 위로하려는 뜻도 있었겠지만요……."

"부상이라니요? 그리고 파혼의 이유를 물어도 될까요?"

"아아, 저는 계속 야구를 해서 사회인 팀에 막 입단한 때였어요. 하지만 어깨가 망가져서 야구를 할 수 없게 됐죠."

코지는 어깨를 문지르며 하하, 하고 허탈한 웃음을 지었다.

키요타카는 "그러셨군요."라며 위로하는 듯한 눈빛을 보였다.

"동생의 일은, 부모님의 사업이 순조롭지 않아서 상대가 손을 뗐어요. 원래 사업상 한 약혼이었거든요. 동생은 후련하다고 했지만 그때부터 본가에도 돌아가고 싶어 하지 않았죠."

키요타카는 "그렇군요."라며 고개를 끄덕였다.

"그런 배경도 있어서 동생분은 여기에 살고 계시는 거군요."

"네, 동생은 지금 타카츠지 집안의 사업을 도우며 여기서 생활하고 있죠. 지금이 좋은지 독신을 쭉 고수하고 있네요."

"코지 씨는 그날 밤 일을 어떻게 생각하십니까?"

"사고인지 사건인지 묻는 건가요? 그야 사고겠죠. 형은 그런 말을 했지만 형을 원망하는 사람도, 형이 죽어서 이득을 보는 사람도 없거든요."

"그러면 코이치 씨의 기억이 없어져서 기뻐하는 사람은 있다고 생각하십니까?"

그렇게 묻자 코지는 심각한 표정으로 팔짱을 꼈다.

"그건 잘 모르겠네요. 어쩌면 형은 타카츠지 집안의 좋지 않은 비밀 같은 걸 알아버렸을지도 모르고, 만약 그렇다면 전대 부인의 명령을 받아 도바시 씨 같은 사람이 어떻게 하는 경우가 있었을지도 모르겠네요."

키요타카는 "타카츠지 집안의 비밀인가요."라고 중얼거리면서 팔짱을 꼈다.

"전대 부인은 어디에 계시나요?"

"전대 부인은 나이가 많아서 교토 북부의 요양 시설에 들어가 계세요. 사용인이었던 도바시 씨의 부모님이 가끔 상태를 보러 가고 있다더군요. 본인들도 나이가 많지만요."

"그런가요. 도바시 집안의 분들도 충절이 대단하시네요."

"네, 대대로 그렇게 하고 있는 것 같아요. 타카츠지와 도바시 집안의 주종관계는 대단하다고 생각해요."

그렇게 이야기하는 코지의 말을 코마츠는 말없이 들으면서 여기에 없는 부인이 뭔가를 쥐고 있을 가능성도 있다고 생각을 돌렸다.

그런 코마츠의 옆에서 키요타카가 질문을 계속했다.

"코지 씨 자신은 이 타카츠지 집안에 겉으로 드러낼 수 없는 비밀이 실제로 있다고 생각하십니까?"

"글쎄요? 그건 어디까지나 제 상상이에요. 비밀이 있는지 없는지는 모르겠지만…… 그것보다 사실 저는 형이 진짜로 기억을 잃었는지를 수상하게 생각하고 있어요."

코지의 그 말에 코마츠는 "어?"하고 눈을 깜빡였다.

"예를 들어 형이 어떤 비밀을 알아서 생명을 위협받고 있었

고. 그래서 일부러 계단에서 떨어져 기억 상실인 척을 하고
있는 게 아닐까 해서요. 그러면 목숨을 노리지는 않겠죠?"

"아아, 그렇군. 기억 상실인 척을."

코마츠가 중얼거렸다.

"뭐, 불가능한 이야기는 아니로군요."

키요타카는 그렇게 말하고 고개를 세로로 끄덕였다.

"감사합니다."

짧게 인사하고 마지막으로 여동생인 료코를 불렀다.

* * *

……후카자와 료코(42)의 증언.

대학교 4학년 때 부모가 정한 결혼 이야기가 파혼이 된 후
로 계속 이 집에서 생활하며 독신을 관철하고 있다는 료코는
화장기도 없고 장신구도 걸치지 않는 타입의 여성이었다.

"그날 밤에는 오빠에게 아무튼 먹고 마시라는 소리를 잔뜩
들었어요. 분명 제 결혼이 어그러진 것을 걱정해서 그런 거겠
지만, 저로서는 내키지 않았던 혼담이어서 어그러진 것을 오
히려 안심하고 있었어요."

료코는 그렇게 말하고 어깨를 올렸다 내렸다.

그녀의 분위기로 보아 이 말은 거짓이 아닌 것 같았다.

"료코 씨는 그날 밤 어떻게 지내고 계셨습니까?"

"과음해서 샤워도 안 하고 손님방에서 죽은 듯이 자고 있었어요. 침대에 쓰러졌을 때 불을 꺼야 한다는 생각이 취했는데도 났어요. 하지만 불이 꺼져 있어서 '아아, 도바시 씨가 꺼줬구나'라고 생각했는데, 정전이었던 것 같아요. 하지만 계단에서 큰 소리가 나서 깜짝 놀라 벌떡 일어났어요."

료코는 크게 숨을 토했다.

"료코 씨는 그날 밤 일을 어떻게 생각하시나요?"

그러자 료코는 으음, 하고 신음했다.

"어쩌면 코이치 오빠는 도바시 씨를 혼내고 싶었던 게 아닌가 해요."

생각도 못 한 말에 코마츠는 눈을 동그랗게 떴고, 키요타카도 고개를 갸웃거렸다.

"그건 무슨 말씀이십니까?"

"그야 도바시 씨, 숨기고는 있는 것 같은데 언니를 좋아하고 있거든요. 짝사랑에 불과하지만 옆에서 보고 있으면 조마조마해요. 그걸 안 코이치 오빠가 의심한 게 아닐까요? 도바시 씨와 언니 사이를……. 도바시 씨는 아직 독신이고요."

키요타카는 "그렇군요."하고 팔짱을 꼈다.

"그건 즉 20년 전 도바시 씨와 유카 씨는 불륜 관계였는데 코이치 씨에게 들켜서 두 사람은 코이치 씨 살해를 계획. 결과적으로 죽음에 이르지 않고 기억이 상실됐기 때문에 그것으로 만족하기로 했다는 건가요?"

"맞아요. 아, 하지만 그게 진실이라는 뜻이 아니라 코이치 오빠는 짝사랑을 하고 있는 도바시 씨를 보고 그런 식으로 의심한 게 아닌가 생각해요. 그러니 그 노트가 나온 것도 분명 날조예요."

료코는 "하여간에."하고 어깨를 올렸다 내렸다.

"도바시 씨와 유카 씨 사이에는 정말로 아무 일도 없는 건가요?"

"아무 일도 없다고 생각해요. 유카 씨는 중매결혼이라고는 생각할 수 없을 만큼 오빠 일편단심이라서 다른 사람은 안중에도 없는걸요."

료코는 선뜻 말하고 웃었다.

키요타카는 "감사합니다."라고 인사하고 인물들 탐문을 마쳤다.

8

탐문을 마칠 무렵에는 해도 지고 있었다.

키요타카와 코마츠는 오늘은 이만 타카츠지 저택을 뒤로하기로 하고 현관으로 향했다.

바로 그때.

"오늘은 정말 감사합니다. 뭔가 있으면 알려주시길 부탁드립니다."

배웅하러 나온 코이치가 그렇게 말했다.

"네, 물론입니다."

키요타카와 코마츠는 인사하고 타카츠지 저택의 대문을 나섰다.

저택이 멀어진 곳에서 코마츠는 나직하게 물었다.

"이봐, 형씨는 어떻게 생각하지?"

키요타카는 무시무시한 관찰안을 가졌다. 가끔 사람의 마음을 읽는 게 아닐까 진심으로 생각할 때도 있을 정도다.

그런 키요타카의 눈에 그들은 어떻게 비쳤을까?

코마츠가 그런 생각을 가슴에 품고 키요타카를 바라보았다.

"코마츠 씨는 어떻게 생각하셨습니까?"

반대로 이렇게 질문을 받았다.

"어? 나 말이야? ……글쎄, 유카 씨는 특별히 미인은 아니지만 요염하다고 할까, 남자를 끄는 마성을 가지고 있는 것 같아."

그렇게 이야기하기 시작한 코마츠에게 키요타카는 네에, 하고 맞장구를 쳤다.

"그래서 집사인 도바시와 불륜 관계였다는 건 있을 법한 얘기일지도 몰라. 하지만 유카 씨에게는 단순한 놀이밖에 안 됐어. 코이치에게 들켜서 이혼당하면 집안 평판이 나빠지지. 그래서 사고사로 보이게 죽이려는 계획을 세운 거지. 그 결과 코이치는 기억 상실에 빠지게 된 거고. 그렇게 되면 더 이상 죽일 필요는 없어져. 저 부인이 남편을 배려하는 건 그런 사정이 있기 때문이야."

코마츠는 "어때."하고 키요타카를 봤다.

"확실히 그거라면 기억 상실에 빠져서 생명을 위협받지 않게 됐다는 이해할 수 없는 부분의 조리가 맞네요."

"그렇지? 그리고 또 하나의 가능성은 타카츠지 집안에는 공개할 수 없는 막대한 돈이 있고 코이치는 그걸 알아버렸어. 정의감 강한 코이치는 그걸 공개하려고 한 거야. 그래서 생명을 위협받았다는 가정은 어때?"

"그것도 재미있네요."

후훗, 하고 입가를 끌어올리는 키요타카를 보고 코마츠는 미간을 찌푸렸다.

"재미있다니. 형씨는 그 사람들 얘기를 듣고 어떻게 생각했어?"

키요타카는 "글쎄요."하고 턱에 손을 댔다.

"모두 제각기 솔직하게 대답한 부분과 거짓말을 한 부분이 있다고 느꼈습니다."

터덜터덜 걷던 코마츠는 "뭐?"하고 튕겨나듯이 고개를 돌렸다.

"누가 거짓말을 했는데?"

"그러니까 모두예요. 전원입니다."

"저, 전원?"

코마츠의 목소리가 뒤집어졌다.

"그럼 그때 사건처럼 전원이 범인이야?"

"아니요, 그렇지는 않다고 생각합니다만……."

키요타카는 고개를 돌려 타카츠지 저택을 올려다봤다.

"하지만 그중에서도 결정적인 거짓말을 한 사람이 한 명 있었습니다."

혼잣말처럼 중얼거리자 코마츠가 몸을 내밀었다.

"누구야, 역시 도바시야? 아니면 아내? 아니 아니, 혹시 불륜 관계였던 건 도바시가 아니라 남동생 아냐? 아니면 여동생이야? 이런 건 가장 아닐 법한 사람이 범인이잖아? 그러면 전대 부인일지도 모르겠군."

"코마츠 씨, 드라마를 너무 봤어요. 그보다 일단 사무소로 돌아가죠. 분명 엔쇼가 유령 정보를 모았을 거예요."

키요타카가 부드럽게 웃으면서 말하자 코마츠는 생각난 듯이 손뼉을 쳤다.

"맞다, 유령 소동도 있었지."

"그래요. 그렇지, 코마츠 씨, 나중에 20년 전 밤 정전에 대해서도 조사해주시겠어요?"

코마츠는 "그러지."하고 고개를 끄덕이고 시조 길을 서쪽으로 걸었다.

해질녘의 시조 길은 제등에 불이 들어오기 시작해서 낮과는 다른 환상적인 풍경이었다.

"여기는 매일 신사의 잿날 같은 분위기로군. 그래서 들뜨는 걸지도 몰라."

"과연, 확실히 시조 길은 그런 분위기지요."

혼잣말처럼 중얼거린 코마츠에게 키요타카는 그렇게 말하고 부드럽게 웃었다.

그때 해질녘 하늘에 절의 종소리가 울려 퍼졌다.

교토에 살면서 온갖 일에 익숙해졌지만 이렇게 당연한 듯이 저녁에 종소리가 울려 퍼지자 코마츠는 신비로운 감각에 빠졌다.

감상에 잠기며 시조 대교를 건너 키야마치 길을 남쪽으로 내려가자 이윽고 사무소의 간판이 보이기 시작했다.

사무소 안에는 불이 켜져 있었다.

엔쇼가 돌아와 있는 것이리라.

"여, 다녀왔어."

미닫이문을 여니 현관에는 엔쇼의 스니커즈와 다른 스니커즈 한 켤레, 그리고 조리도 놓여 있었다.

조리는 아마 카즈요의 것이리라. 다른 스니커즈 한 켤레는 카즈요의 관계자 건가?

그런 생각을 하면서 얼굴을 내미니 엔쇼, 카즈요, 마이코의 뒷모습이 보였다.

"어라 모모카 씨, 와 있었군요?"

코마츠가 그렇게 묻자 그 마이코는 천천히 고개를 돌렸다. 모모카는 아니지만 아름다운 마이코였다. 아직 어린 티가 느껴지면서도 요염함과 박력을 겸비한 미모에 코마츠의 눈이 허공을 헤맸다.

"어, 저기, 이분은 누구신지?"

코마츠가 어색하게 묻자 그 마이코는 불쾌한 듯이 눈살을 찌푸렸고 엔쇼는 큭큭 웃었다.

당황해하는 코마츠의 뒤에서 키요타카가 "어라?"하고 얼굴을 내밀었다.

"리큐, 와 있었군요. 그런 차림은 왜 했나요?"

코마츠는 "뭐."하고 마이코를 다시 봤다.

"리, 리큐! 그 리큐라고?"

타키야마 리큐. 키요타카의 동생뻘인 존재다. 눈이 휘둥그레지는 미소년이지만 유도의 달인이라는 갭도 있다.

"그래, 나야."

리큐는 마음에 들지 않는다는 듯이 대답했다.

"저기, 키요 형. 엔쇼가 마이코 차림을 하면 형에게 도움이 된다고 했는데 진짜야? 나 속은 거지?"

키요타카에게 매달리듯이 물었다.

"댁이 뭐든 돕겠다면서 사무소로 들어왔다 아이가. 그런데 불만스럽게 와 이러는데."

"말은 그렇게 했는데."

그런 가운데 카즈요가 생긋생긋 웃으며 기쁜 듯이 양손을 맞댔다.

"참말로 잘 어울린다. 남자아이라는 걸 믿을 수 없네. 뭐, 내 솜씨도 한몫했지만."

리큐를 마이코로 꾸민 것은 카즈요인 듯했다.

"네, 정말 잘 어울리네요. 카즈요 씨, 훌륭한 실력이세요."

"뭐야, 키요 형."

"리큐가 그 모습으로 모모카 씨를 따라가면 아주 든든할 것 같군요. 의지가 될 테니까요."

키요타카는 그렇게 말하고 리큐를 다정하게 내려다봤다.

"어, 진짜? 그럼 열심히 해볼까."

바로 기분이 풀린 리큐를 보고 "뭐 이렇게 단순해."라며 코마츠와 엔쇼는 입가를 실룩거렸다.

"뭐, 리큐를 마이코로 만든 건 그 이유 때문만이 아니다."

엔쇼는 그렇게 말하고 테이블에 지도를 펼쳤다. 그것은 기온 지구의 지도였는데, 군데군데 형광펜으로 표시가 되어 있었다.

"증언을 토대로 체크한 유령이 나온 장소데이."

유령이 나온 장소는 모두 골목길뿐이었다. 하나미코지 길 등 대로에서는 나타나지 않았다. 그러고 보니 자신이 유령을 목격한 것도 좁은 길이었다며 코마츠가 되짚고 있는데 키요타카가 옆에서 나직하게 중얼거렸다.

"……과연, 좁혀졌네요."

"좁혀져?"

고개를 갸웃거린 코마츠에게 카즈요가 대답했다.

"이 표시가 있는 곳은 게이샤와 마이코가 자주 다니는 길이지."

"아, 그렇구나."

"그리고 이게 목격자의 특징과 증언을 모은 건데."

엔쇼는 테이블에 보고서를 던지듯이 놓았다.

키요타카는 그것을 손에 들고 내려다봤다. 목격자 대부분이 게이샤와 마이코인 것을 알 수 있었다. 물론 게이샤와 마이코 이외의 목격자도 있지만, 그때는 근처에 반드시 게이샤와 마이코가 있었다고 한다.

목격된 유령은 두 종류. 흰 기모노에 긴 머리를 한 여자와 울고 있는 눈알 없는 어린아이다.

코마츠는 보고서를 바라보며 얼굴을 찌푸렸다.

"그러고 보니 내가 목격했을 때도 근처에 게이샤가 있었어.

그리고 내가 본 건 흰 기모노 유령……."

엔쇼는 "진부하구먼."하고 투덜거린다.

"그러네요. '전형적인' 유령이네요."

키요타카가 동의하자 리큐가 "그렇다면."하고 목소리를 높였다.

"지금 유행하는 동영상 전송 아냐?"

아름다운 마이코 차림으로 팔짱을 끼는 리큐의 말에서 왠지 모르게 위화감을 느꼈다.

"동영상 전송이라니?"

이해가 가지 않는다면서 고개를 갸웃거린 카즈요에게 키요타카가 설명을 이어나갔다.

"즉 유령에게 놀라는 게이샤와 마이코의 모습을 촬영해 인터넷에 전송하려고 하는 무리가 있지 않을까, 라는 말입니다."

"그, 그럴 수가, 무슨 터무니없는."

깜짝 놀라는 카즈요에게 키요타카도 네, 하고 고개를 끄덕였다.

"용서할 수 없는 일입니다. 하지만 가능성은 높아요. 인위적인 상황이라고 생각하는 편이 자연스럽겠죠."

"그렇겠제. 그래서 내도 카메라가 어딘가에 설치돼 있는지 찾았지만 발견 못 했다."

"그렇다면 아마 그 자리에서 찍고 있겠네요. 이 건도 리큐가 협력해줬으면 좋겠어요."

"맡겨줘. 그런 거라면 훌륭한 미끼가 될 테니까."

리큐는 의기양양하게 미소 지었다.

그런 와중에 코마츠가 몸을 조금씩 떨었다.

"코마츠 씨, 와 그러노?"

"사, 사람을 놀라게 하는 걸 즐기다니, 용서할 수 있는 일이 아니잖아. 내가 얼마나 무서웠는지 알아? 절대 용서 못 해!"

코마츠는 힘껏 쥔 주먹을 책상에 내리쳤다.

"코마츠 씨, 아주 불타오르네."

"아주 무서웠던 것 같아요."

"모포를 뒤집어쓰고 있었제."

얼굴을 마주 보고 이야기하는 리큐, 키요타카, 엔쇼에게 코마츠는 "시끄러워."라고 소리를 질렀다.

"실례했습니다. 하지만 코마츠 씨의 분노는 당연합니다. 유령을 퇴치하죠."

그렇게 말한 키요타카에게 코마츠와 리큐는 "그래."하고 목소리를 높였고, 엔쇼는 어깨를 으쓱거렸다.

"뭐고, 두근거리네."

한 걸음 물러난 곳에서 이를 지켜보던 카즈요는 유쾌한 듯이 두 주먹을 쥐고 있었다.

스토커 피해를 입었다는 게이샤와 마이코, 호노카와 모모 카는 새벽 1시까지 일을 한다고 해서 코마츠 탐정 사무소 일 행은 그 전에 유령 소동 건을 정리하기 위해 행동에 나섰다.

밤 11시 30분.

마이코로 변장한 리큐를 데리고 '유령 목격 장소'로 향했다.

"걷기 힘드네. 생각해보니 굳이 남자인 내가 마이코가 되지 않아도 아오이 씨에게 부탁하면 되지 않아?"

문득 떠오른 듯이 리큐가 투덜댔다.

"위험한 일을 당하면 어쩌란 말이고."

키요타카와 엔쇼가 진지한 얼굴로 입을 모아 말해서 리큐 는 눈을 동그랗게 떴다.

"갑자기 호흡이 딱 맞네. 진짜 키요 형도 엔쇼도 아오이 씨 밖에 모른다니까……."

리큐는 못 말리겠다는 기색으로 얼굴을 찌푸렸다.

그때 코마츠는 "응?"하고 눈을 깜빡였다.

'무슨 소리지? 형씨가 그 아가씨와 뜨겁게 사귀고 있다는 건 알지만, 엔쇼도 그렇다는 건 무슨 소리지?'

코마츠는 엔쇼에게 시선을 보낸 후 아오이의 얼굴을 떠올렸다.

여유롭게 미소 짓는 아오이의 모습이 떠올라서 설마, 하고 쓴웃음을 지었다.

"그러면 리큐. 이 모퉁이를 돈 곳이 촬영 지점인 것 같으니 우리는 여기서 당신에게서 떨어질 겁니다."

"알았어. 유령이 나오면 무서운 척을 하는 게 좋겠지?"

"네, 부탁할게요."

리큐는 "맡겨줘."라고 대답하고 윙크를 한 후 혼자 모퉁이를 돌았다.

같은 기온이라 해도 길이 달라지는 것만으로 거리의 인상은 상당히 바뀐다. 떠들썩하고 운치 있는 식당가에서 한 길 뒤로 들어가면 인기척이 없어서 당장이라도 귀신이 나타날 듯한 분위기를 풍기는 거리로 바뀌는 것이다.

유령 목격 정보는 게이샤와 마이코가 지나다니는 그런 분위기의 지점에 집중되고 있었다.

"진짜 나올 법한 곳을 골랐으니까 잘되겠지."

코마츠가 그렇게 중얼거려도 키요타카와 엔쇼는 아무 말도 하지 않았다.

'왜 그러지?'라고 생각하며 돌아보니 두 사람의 모습은 이미 없었다.

"어라, 어디 갔지?"

코마츠는 입을 떡 벌렸지만 "뭐, 상관없나."라고 중얼거렸다. 아마 어딘가에서 카메라를 들고 있는 패거리를 붙잡으러 향했으리라.

코마츠는 다시 리큐의 등으로 눈길을 보냈다. 리큐는 한 손에 보자기를 들고 한들한들 걷고 있었다.

"그런데 진짜 마이코 같네."

뻔히 알고 있어도 속을 것 같다면서 코마츠는 쓴웃음을 지었다.

그런데 뚫어져라 보고 있어도 유령은 나타나지 않았다. 정신을 차리고 보니 자신 주위가 안개로 뒤덮여 있었다.

'뭐지?'

코마츠가 고개를 드니 바로 옆에서 기모노를 입은 여자가 자신을 내려다보고 있었다.

"우오오오오오오오오오오오오오오오!"

코마츠는 엉덩방아를 찧고 땅에 손을 댄 채 뒤로 물러났다. 유령은 게이샤와 마이코를 위협하기 위한 인위적인 것이라고 했고 자신도 그렇게 생각했지만 그게 아니었다. 진짜, 진짜다. 이번에야말로 빙의당할 것 같다.

"살려줘어어어어어어어어어어어어어!"

코마츠가 눈을 크게 뜨고 힘껏 외치자 슥, 하고 안개가 사라져갔다. 동시에 여자의 모습도 사라져갔다. 대신 키요타카와 엔쇼가 검은 옷을 입은 남자 두 명을 붙잡고 있는 모습이 눈에 들어왔다. 멱살을 틀어쥐고 있다고 말하는 편이 좋으리라.

"죄, 죄송합니다. 사과, 사과할 테니까 놔주세요!"

"아야야야야야야."

키요타카와 엔쇼에게 잡힌 남자들은 보기에 아직 대학생인 듯했다.

"스모크 머신에 입체 영상. 역시 인위적인 것이었네요. 왜 이런 짓을 했죠?"

"동영상 전송이 목적이제?"

키요타카와 엔쇼는 팔에 힘을 주며 물었다.

"처, 처음에는 그랬지만 지금은 부탁을 받아서……."

"부탁을 받아?"

"다 얘기할 테니까 놔주세요."

그들이 울먹이면서 말하자 키요타카와 엔쇼는 팔을 풀었다. 그 순간 "도망쳐!"라고 소리치며 남자들은 쏜살같이 달려 나갔다. 하지만 키요타카와 엔쇼는 굳이 쫓지 않았다. 그들이 도망친 곳에 리큐가 있었기 때문이다.

"아아, 다행이다. 나 도움이 안 되는 줄 알았어."

리큐는 어깨를 살짝 으쓱거린 후 발을 돌려 남자의 발을 후려 넘어뜨리고 또 다른 남자의 팔을 잡아 한판 업어치기를 해서 쓰러진 남자 위에 쓰러뜨렸다.

"여, 여전히 빠르고 귀신처럼 강하군."

과거에 '대마교 사건'에서 본 리큐의 대활약을 떠올리고 코마츠는 몸을 부르르 떨었다.

"훌륭해요, 리큐."

키요타카는 만족스러운 듯이 손뼉을 쳤다.

"느긋하게 손뼉 치지 말고 얼른 묶으래이."

엔쇼는 배낭에서 로프를 꺼내면서 어이없다는 듯이 말했고, 키요타카는 던진 로프를 받아들었다.

그리고 남자들은 순식간에 구속되어 전의도 상실한 상태로 땅바닥에 주저앉아 있었다. 코마츠는 그런 그들을 내려다보고 수상쩍다는 듯이 얼굴을 찌푸렸다.

"그건 그렇고 같은 거리에 마이코가 있는데 왜 나를 놀라게 했지?"

리큐가 남자라는 사실을 알아챈 걸까? 설사 그렇다 해도 저런 미모면 그림이 될 텐데……

그런 의문을 가슴에 품고 묻자 남자들은 쓴웃음을 지었다.

"요전에도 그랬지만 당신이 놀라는 모습이 워낙 재미있어서……."

"맞아. 아저씨가 놀라는 모습, 엄청나."

그들의 그 말에 코마츠는 이마에 손을 댔고, 엔쇼와 리큐는 아아, 하고 납득하며 고개를 크게 끄덕였다.

키요타카는 웅크리고 앉아 그들의 얼굴을 들여다봤다.

"그러면 전부 이야기해주실까요? 누구에게 부탁받았습니까?"

키요타카는 웃고 있었다. 하지만 그들은 정체를 알 수 없는 박력을 느낀 듯이 새파랗게 질려서 순순히 고개를 끄덕였다.

'그 느낌 이해해. 형씨의 웃는 얼굴은 가끔 엄청 무섭거든.'

코마츠는 마음속으로 생각하며 가슴 앞에서 주먹을 쥐었다.

"기, 기호회에서 부탁했어."

"다만 들키면 보수는 한 푼도 없다고 해서……."

두 사람이 그렇게 말하자 모두가 말없이 얼굴을 마주 봤다.

10

학생들에게서 사정을 들은 코마츠 탐정 사무소 멤버는 그들을 일단 카즈요의 집에 맡기고 그대로 모모카가 있는 하나미코지 길의 요정으로 향했다.

"그 녀석들을 카즈요 씨 집에 맡겨도 괜찮겠어?"

코마츠는 걸으면서 나직하게 중얼거렸다.

"주변 남자들도 불러서 지켜보게 했으니 괜찮을 겁니다."

"그런 게 아냐. 그 녀석들의 증언, 들었잖아? 설마 기호회에서 의뢰를 하다니, 그런 게 말이 돼? 카즈요 씨도 기호회의 회원이야. 그런 곳에 맡기면 그 녀석들을 풀어주지 않겠어?"

발끈하는 코마츠에게 키요타카는 작게 웃었다.

"만약 놓아줘도 증거는 가지고 있어요."

키요타카는 그들의 목소리를 녹음하고 면허증을 받아놓았다.

"뭐, 그렇기는 해도 말이야. 왠지 못 믿겠어."

"저로서는 모든 아귀가 맞아서 후련해졌습니다."

키요타카는 거기까지 말하고 요정의 뒤편에서 발걸음을 멈췄다.

"그러면 리큐. 이 요정에 모모카 씨와 호노카 씨가 있습니다. 뒷문으로 들어가 그녀들과 나오세요. 이야기는 해놨으니까요."

리큐는 "라저."라고 대답하며 경례 자세를 취하고 뒷문으로 요정 안으로 들어갔다. 이 요정의 정식 현관은 하나미코지 길에 접해 있었다.

"우리는 제각기 흩어져 스토커를 확인하고 붙잡아봅시다. 코마츠 씨는 남쪽, 엔쇼는 서쪽에서, 저는 북쪽에서 갑시다."

키요타카의 신호에 엔쇼와 코마츠는 알았다며 고개를 끄덕이고 바로 각 방향을 향해 걷기 시작했다.

"그런데 나보다 형씨가 더 소장 같은데……."

코마츠는 복잡한 표정으로 중얼거리면서 남쪽으로 내려가 켄닌지에서 하나미코지 길로 들어갔다.

이 길은 심야에도 북적거린다. 마치 관광객처럼 걸으면서 주위를 둘러봤다.

요정의 미닫이문이 열리고 호노카, 모모카, 그리고 리큐가 나왔다. 웃으며 머리를 숙여 인사하고 북쪽을 향해 걷기 시작했다.

이윽고 호노카와 모모카가 몸을 움찔 떤 것을 알 수 있었다. 아마 기둥 뒤에 그 스토커가 있으리라.

즉시 리큐가 그녀들의 앞을 막아서며 스토커가 있을 기둥으로 향했다. 그러자 사람 그림자가 기둥 뒤에서 뛰쳐나와 북쪽을 향해 도망치듯 달리기 시작했다.

"저 자식이!"

바로 코마츠가 뒤따라 달렸다.

스토커는 모모카가 말한 대로 모자를 깊이 눌러쓰고 안경을 끼고 검은 상의에 검은 바지를 입고 있었다. 호노카가 비싼 신발을 신고 있었다고 했지만 어두워서 제대로 보이지 않았다.

리큐도 남자를 뒤쫓았지만 마이코 분장을 하고 있어서 생각처럼 움직일 수 없는 듯했다.

그때 서쪽 길에서 엔쇼가 나타나 즉시 스토커에게 발을 걸었다. 그러자 스토커는 세차게 넘어졌다.

"좋았어. 잘했어, 엔쇼!"

코마츠가 주먹을 쥐었지만 다음 순간 남자는 빙글 앞구르기를 하고 다시 달리기 시작했다.

"말도 안 돼!"

"놀랐네, 몸놀림이 상당한걸."

순간, 리큐가 깜짝 놀란 목소리를 냈다.

"이런, 스토커는 겁쟁이라고 생각해서 방심했다."

엔쇼가 그렇게 말하며 분한 듯이 혀를 차고 뒤쫓아 달렸다.

스토커가 시조 길로 나가려고 했을 때 키요타카가 나타났다. 키요타카는 스토커를 막아서지 않고 마치 통행인 같은 얼굴을 하며, 달려 지나가려 하는 남자의 팔을 단단히 붙잡아 뒤쪽으로 꺾으면서 그대로 땅바닥에 쓰러뜨렸다.

"잘했어, 키요 형!"

리큐는 눈을 반짝반짝 빛냈지만 엔쇼는 뚱한 얼굴을 했다.

키요타카는 남자의 머리에서 모자를 벗기고 훗, 하고 웃었다.

"역시 당신이었군요…… 코지 씨."

키요타카의 몸 아래에서는 타카츠지 코이치의 동생, 후카자와 코지가 괴로운 표정을 짓고 있었다.

11

새벽 3시…….

코마츠 탐정 사무소 멤버는 카즈요와 오키야 '아야카'의 주인인 아야카와 함께 타카츠지 저택의 응접실에 모여 있었다.

키요타카는 코지가 마이코를 따라다녔던 것을 알렸다.

"코지 씨를 구속한 채로 둬서 죄송합니다. 그는 생각했던 것보다 운동 신경이 뛰어나서요."

그렇게 덧붙였다.

"코지가 스토커라니, 믿을 수가 없군……."

코이치는 새파랗게 질린 채 입에 손을 댔다.

"하지만 코이치 씨."

말을 건 키요타카에게 코이치는 당황하며 시선을 맞췄다.

"이 일에는 당신이 관련되어 있습니다."

키요타카가 그렇게 단언하자 코이치는 눈을 깜빡였고 다른 사람들은 곤혹스러운 표정을 지었다.

"네? 코지 오빠가 마이코를 따라다닌 것과 코이치 오빠가 무슨 관련이 있나요?"

작은 목소리로 료코가 나직하게 중얼거리자 코지는 눈을 내리떴고 유카와 도바시는 아무 말 없이 가만히 있었다.

"정말로 그 말씀은 무슨 뜻인가요?"

코이치는 이상하다는 듯이 미간을 찌푸렸다.

"우선 20년 전 사건의 진상부터 말씀드리죠. 약 20년 전 코이치 씨가 계단에서 떨어진 그날 밤 일을 돌이켜보겠습니다."

그렇게 잘라 말한 키요타카에게 모두가 말없이 주목했다.

"그날 밤 이 저택에 있던 것은 여기 있는 코이치 씨, 부인인 유카 씨, 코이치 씨의 남매분인 코지 씨, 료코 씨, 그리고 집사인 도바시 씨였습니다."

타카츠지 집안 관계자는 말없이 고개를 끄덕였고, 카즈요와 아야카는 복잡해 보이는 표정을 짓고 있었다.

엔쇼는 소파에 앉지 않고 벽에 기대어 팔짱을 끼고 서서 솜씨 좀 보자는 듯한 표정을 보이고 있었다.

"코마츠 씨에게 당시 일을 조사해달라고 했는데, 밤 9시 경에 이 일대가 정전된 건 틀림없는 듯합니다. 여러분 말씀을 들은 바로 우선 유카 씨는 정전이 되자 얼른 침실로 갔고, 료코 씨는 술을 너무 많이 마셔서 침실에서 취침. 코이치 씨는 촛불을 바라보며 브랜디를 마시고 있었습니다. 도바시 씨는 그런 코이치 씨에게 말을 건 후 집무실로 향했고요. 코지 씨는 저택을 나와 정전이 이 저택에서만 일어난 건지 확인하러 밖으로 나갔습니다. 틀림없죠?"

그렇게 물은 키요타카에게 타카츠지 집안 사람들은 제각기 고개를 끄덕였다.

"그 후 코이치 씨는 2층에서 1층으로 이어지는 계단에서 굴러 떨어졌습니다. 그 조금 전에 코지 씨는 회중전등을 들고 저택 정원으로 돌아와 있었습니다. 그 회중전등으로 저택을 비춰서 코이치 씨 같은 사람이 혼자서 걸어가는 실루엣을 봤죠. 다만 커튼이 쳐져 있어서 누구인지는 알 수 없었습니다. 그 후 바로 커다란 소리가 났습니다. 거기에 놀란 코지 씨는

저택으로 달려왔습니다. 유카 씨, 료코 씨, 도바시 씨도 각자
있던 방에서 뛰어 나왔습니다."

키요타카가 다시 확인하듯이 모두를 보자 그들은 말없이
고개를 끄덕였다.

"여러분이 달려왔을 때 코이치 씨는 계단 아래 엎드려 쓰러
져 있었습니다. 당시 의사의 진단서를 보면 코이치 씨는 관자
놀이 주변을 부딪쳤다고 쓰여 있었으니 엎드려 쓰러져 있었다
는 말은 거짓이 아니겠죠. 기억 상실에 관해서는 해마가 자극
을 받은 것이 틀림없지만 의사도 상세한 원인은 알 수 없어서
스트레스도 관련되어 있을 가능성이 있다고 썼습니다. 그 무
렵 코이치 씨는 자신이 생명을 위협받고 있다고 생각하고 있었
던 것 같으니 스트레스가 있어도 무리는 아닐지도 모릅니다."

키요타카는 거기까지 이야기하고 자, 하고 모두를 봤다.

"여기서 한 가지 의문이 생깁니다. 만약 계단에서 굴러 떨
어질 경우 엎드려 쓰러질까요? 대개는 발뒤꿈치가 미끄러져
엉덩방아를 찧습니다. 머리를 부딪쳤다 해도 뒤통수를 부딪
치는 경우가 많을 겁니다. 그 다음 앞쪽으로 쓰러지는 경우가
있을지도 모르지만, 진단서에 의하면 코이치 씨는 뒤통수는
부딪치지 않았습니다. 그러면 사람이 계단을 내려가다 엎드려
쓰러지는 것은 어떤 상황일까……."

키요타카가 그렇게 말하자 료코가 얼굴을 굳혔다.

"힘차게 내려간 게 아닐까요? 화장실이 급했다든가 해서."

"그 가능성은 물론 있지만, 계단에서 떨어졌을 때 코이치 씨는 실금하지 않았으니 그렇게 급했던 것은 아니라고 생각합니다. 그렇다면 누군가에게서 도망치려 했다, 아니면 누군가가 등을 힘껏 떠밀었다는 가능성도 생각할 수 있습니다. 만약 그런 경우에는 이 집에 있는 누군가라고 생각하는 것이 자연스럽겠죠."

키요타카는 타카츠지 집안 사람들을 둘러봤다.

"누, 누가 그런 짓을…… 저는 코이치 오빠를 떠밀지 않았어요."

시선을 이리저리 움직이는 료코의 말을 들으며 키요타카는 한숨을 돌렸다.

"여기서 결정적인 거짓말을 했던 분께 사정을 듣고 싶습니다."

키요타카가 그렇게 말하자 모두가 눈을 깜빡였다.

"결정적인 거짓말이라니, 누가?"

"역시 코이치 오빠가 기억 상실이라고 거짓말을 한 거죠?"

"내가 기억을 잃은 건 거짓이 아냐!"

"거짓말을 한 건 도바시 씨 아니에요?"

모두가 웅성거리자 벽에 기대 선 엔쇼가 큭, 하고 웃었다.

"거짓말을 한 건 그 스토커겠제."

차가운 눈으로 코지를 응시했다.

코마츠는 "뭐?"하고 놀라며 확인하듯이 키요타카 쪽을 봤다.

키요타카에게 부정하는 기색은 보이지 않았다.

"코지가?"

코이치가 당혹스러운 표정으로 쳐다보자 코지는 지긋지긋하다는 표정을 지었다.

"거짓말 안 했어. 내가 마이코를 따라다닌 건 인정할게. 그건 내 일방적인 연심 때문이야. 하지만 그렇다고 형 사건까지…… 내 증언까지 거짓말이라고 단정 짓지 마."

"맞아, 코지 오빠가 누군가를 사랑하고 그 정도가 지나쳤다 해도 거짓말을 할 사람은 아니에요."

"아, 네, 정말로요."

료코와 유카가 코지를 두둔하자 엔쇼는 더 이상 이야기할 마음이 사라졌다는 듯이 무시하고 하품을 했다.

코마츠는 그런 엔쇼를 곁눈질하면서 '뭐 이리 제멋대로야.' 하고 얼굴을 굳혔다.

"……그러면 확인해볼까요?"

키요타카가 날카로운 눈빛으로 그렇게 말하자 "확인해?"라며 모두는 의아한 모습을 보였다.

"아아, 코이치 씨. 그 전에 부탁이 있습니다."

키요타카는 코이치에게 귓속말을 한 후 이번에는 구석에 앉아 있던 리큐에게 말을 걸었다. 리큐는 고개를 끄덕이고 방을 나갔다.

'뭔가를 가지러 간 건가?'

코마츠가 멍하니 그런 생각을 하고 있었다.

"그러면 여러분, 정원으로 나가주시겠습니까?"

키요타카가 그렇게 말하자 모두는 당황해하면서도 무겁게 몸을 일으켜 정원으로 나갔다. 도바시가 등롱의 초에 불을 붙여서 정원은 어슴푸레하게 밝았다. 그리고 집 안의 조명을 꺼달라고 키요타카가 부탁했기 때문에 저택은 캄캄했다.

"이것은 그날 밤의 재현입니다. 20년 전 타카츠지 저택은 이처럼 캄캄했습니다. 2층 통로의 창문도 지금처럼 커튼이 쳐진 상태였습니다."

그렇게 이야기하는 키요타카에게 모두는 말없이 고개를 끄덕였다.

"코이치 씨가 계단에서 굴러 떨어지기 얼마 전, 코지 씨는 정원을 돌아보며 저택으로 향하고 있었죠?"

그 질문을 받고 코지는 말없이 고개를 끄덕였다.

"이것은 방금 저택을 나오기 전에 도바시 씨께 빌린 것입니다. 코지 씨는 이 회중전등을 썼다더군요."

키요타카는 빌린 회중전등을 손에 들고 저택을 비췄다. 불빛이 상당히 환해서 건물이 잘 보였다. 키요타카가 불빛으로 한동안 저택을 비췄지만 아무런 변화도 없었다.

"뭘 하고 있는 겁니까?"

코이치가 이상하다는 듯이 고개를 갸웃거렸다. 다른 사람들도 같은 생각이었는지 의아한 얼굴을 하고 있었다.

그 물음에 키요타카가 아니라 엔쇼가 입을 열었다.

"지금 스토커의 거짓말을 파헤치고 있는 참이데이."

"거짓말을?"

눈을 크게 깜빡이는 코이치에게 키요타카는 "네."하고 고개를 끄덕였다.

"실은 지금 리큐에게 2층 통로를 왕복하게 했습니다. 이렇게 불빛을 비춰도 실루엣은 보이지 않죠? 이쪽의 빛이 저쪽의 그림자를 비추지는 않거든요."

그 말에 코지도 다른 사람들도 눈을 크게 뜨고 지금도 불빛이 비쳐지고 있는 저택으로 시선을 돌렸다.

"그러니까 코지 씨. 당신이 정원에서 코이치 씨가 걷는 모습을 봤다는 말은 거짓말입니다. 그러면 어째서 거짓말을 했습니까? 당신은 무엇을 숨기고 있었던 거죠?"

"나, 나는……."

코지는 몸을 떨며 입을 다물었지만 이윽고 주먹을 꽉 움켜쥐었다.

"죄송합니다. 그날 밤 제가 형을……."

그러자 료코가 견딜 수 없다는 듯이 앞으로 나섰다.

"아니에요, 코지 오빠는 부탁받았을 뿐이에요!"

"료코!"

바로 나무라듯이 코지가 소리를 질렀지만 키요타카는 모든 것을 알고 있다는 듯이 고개를 크게 끄덕였다.

"그래요, 코지 씨는 부탁받았습니다."

그 말에 코마츠는 "뭐?"하고 눈을 동그랗게 떴다.

"대체 누구한테?"

"그러네요. 그건 유카 씨, 당신이죠?"

키요타카는 고개를 돌려 유카를 봤다.

"유카가? 설마 그럴 리가……."

코이치는 당황했지만 다른 가족들은 놀랐다기보다 곤란한 표정을 보이고 있었다. 아무래도 다른 사람들은 진상을 알고 묵인하고 있었던 모양이다.

유카는 초조한 기색도 없이 가만히 고개를 끄덕였다.

"네, 제가 코지 씨에게 부탁했어요."

"코이치 씨의 목숨을 빼앗아달라고 말인가요?"

그러자 유카는 고개를 가로저었다.

"아니요, '자신이 생명을 위협받고 있다고 남편이 생각하게 해달라'고 부탁했어요. 죽일 생각은 없었어요."

"플랫폼에서 등을 밀거나 밤길에 차나 오토바이로 덮치면 죽을 가능성도 있지 않았을까요?"

키요타카의 질문에 코지가 어깨를 으쓱거렸다.

"플랫폼에서 등을 민 것도 절대로 떨어지지 않을 위치에서 그런 거고, 만약 진짜 떨어질 것 같으면 내가 도와줄 생각이었어. 밤길에 차나 오토바이로 형을 섬뜩하게 만들었을 뿐 절대로 치지 않도록 했고. 운동 신경과 운전 실력에는 자신이 있으니까."

당사자인 코이치에게는 그런 코지의 말이 귀에 들어오지 않는지 동요하며 유카의 두 어깨를 잡았다.

"유카, 어째서 그런 짓을 했지?"

유카는 시선을 맞추지 않고 가만히 입을 열었다.

"그건 당신이 당시에 나 말고 다른 여자에게 빠졌기 때문이야."

조용히, 그러나 강한 어조로 유카가 말하자 코이치는 움직임을 멈췄다.

넋이 나간 코이치의 모습을 보고 유카는 힘없이 웃었다.

"……당신은 정말로 기억을 잃었나 보네. 어쩌면 기억을 잃은 척하고 있는 걸지도 모른다고 생각했어. 그렇다면 그것대로 좋다고 생각했지."

이야기를 듣던 코마츠는 견디지 못하고 한 걸음 앞으로 나섰다.

"저기요, 어째서 코이치 씨에게 '목숨을 노리고 있다고' 생각하게 하고 싶었던 거죠?"

"남편이 빠진 건 기온에서도 인기 있는 게이샤였어요. 당시 저는 두 사람의 사랑은 일시적인 열정이니 눈을 감자고 생각했어요. 남편은 집안 사정 때문에 어쩔 수 없이 저와 결혼했어요. 그래서 다른 여성을 사랑하는 건 어쩔 수 없다고도 여겼죠……. 분명 조만간 그 사랑도 식을 테니까 그걸 기다리자고 생각했어요."

유카는 작게 숨을 내쉬고 이야기를 계속했다.

"하지만 두 사람 사이는 진전되기만 해서…… 불안해진 저는 남편에게 공포감을 심어주고자 코지 씨에게 부탁했어요. '인기 있는 게이샤와 사이가 좋아지면 다른 남자들의 질투를 사서 골치 아파진다'고 생각하게 만들려고 했어요. 빨리…… 눈을 떠주기를 바란 거예요."

유카는 불쾌한 표정으로 눈을 내리떴다.

"유카……."

"하지만 소용없었어요. 남편과 그녀의 마음은 일시적인 일탈이 아니라 진심이 되고 말았어요. 남편과 사랑한 여성은 그쪽에 있는 주인, 아야카 씨네 게이샤였어요."

그렇게 말하며 유카는 아야카에게 시선을 옮겼다.

아야카는 미안하다는 듯이 눈을 내리떴다.

"주인인 아야카 씨가 두 사람이 도망칠 계획을 세우고 있는 것 같다고 가르쳐줬어요. 남편도 그녀도 자신이 가진 모든 것을 버리고 둘이서 살아갈 각오를 한 거죠. 큰일 났다고 생각한 저는 그날 밤 이 집에 코지 씨와 료코 씨를 불렀어요. 제가 자리를 비우면 두 사람이 남편을 설득해주기를 바라고요……."

유카가 그렇게 말하자 료코는 괴로운 얼굴로 고개를 끄덕였다.

"그 당시 오빠는 정말 제멋대로였어요. 적극적인 지원을 받는 데릴사위 입장이면서 언니가 말없이 참아주는 걸 알면서 타카츠지 집안의 돈을 마음대로 쓰며 행동했어요."

"형수님은 참기만 해서, 저희는 정말 미안하다고 생각했어요."

동생들의 말에 코이치는 할 말을 잃었고, 유카는 면목 없다는 듯이 코이치를 봤다.

"그날 밤도 이렇게 두 사람에게 질책을 받고 남편은 한계에 이르렀을 거예요. 도망칠 날짜는 좀 더 뒤였을 텐데 더 이상 여기에는 있고 싶지 않다고 했어요."

코지는 눈을 내리뜨고 이야기를 이어나갔다.

"……저는 초조했어요. 코이치 형이 이 집을 나가면 타카츠지 집안과의 연은 끊어집니다. 그렇게 되면 저희는 끝이에요. 이기적으로 굴지 말라면서 형을 막으려 했어요. 형은 '이기적인 게 누군데. 난 더 이상 집안을 위해 희생하고 싶지 않아. 좋아하는 사람과 함께 있고 싶어.'라고 했고…… 그래서 저는 더 이상 아무 말도 할 수 없어졌어요."

유카는 자조적인 웃음을 보였다.

"저는 그 대화를 옆방에서 듣고 있었어요. 그리고 정전이 되자 남편은 서재에 틀어박혔고, 코지 씨는 거북했는지 집 밖으로 나갔어요. 제가 둘이서 대화하고 싶다며 남편을 찾아갔지만 '당신 얼굴은 보고 싶지 않아. 이제 이 집을 나갈 거야.'라면서 저를 두고 방을 나가더군요. 그런 남편의 뒷모습을 보면서 제 안에서 뭔가가 끊어졌어요. '나갈 거라면 당신을 죽이고 나도 죽겠어.'라며 칼을 들고 남편을 쫓아갔어요. 남편은 안색이 변해서 도망쳤어요. 무서웠나 봐요. 그때의 저는 진심이었으니까요…….

도저히 용서할 수 없었어요. 다른 여자에게 빼앗길 바에야 죽여주겠다고 생각했어요……. 제게서 필사적으로 도망쳐 계단을 내려간 남편은 발을 헛디뎌 그만 떨어졌어요. 저는 계단 아래서 꼼짝도 하지 않는 남편의 모습을 보고 죽었다고 생각했어요. 그때야 겨우 냉정해졌어요……."

그때 일을 선명하게 떠올렸는지 유카는 입에 손을 댔다.

그러자 코지가 "그랬었군요."라고 중얼거렸다.

"저는 틀림없이 형수님이 형을 밀어 떨어뜨렸다고만 생각했어요."

코지가 나직하게 읊조렸다.

그러자 그 말에 동의하듯이 료코와 도바시도 얼굴을 마주 보고 어렴풋이 고개를 끄덕였다. 아무래도 여기 있는 전원이 유카가 코이치를 밀어 떨어뜨렸다고 생각하고 있었던 모양이다.

유카는 자조적인 표정으로 눈을 가늘게 떴다.

"……칼을 들고 쫓아갔으니까 밀어 떨어뜨린 거나 마찬가지예요. 그러니 아무래도 좋아요. 정말 엄청난 소리가 나서 바로 모두가 달려와 구급차를 불렀어요. 그리고 깨어난 남편에게는 기억이 없었어요."

유카는 등을 펴고 심호흡을 했다.

"기억이 없다는 말이 정말인지 거짓말인지는 몰라요. 하지만 저는 부부 사이가 회복될 기회라고 진심으로 생각했어요. ……기뻤어요."

코이치는 말없이 유카의 이야기를 듣고 있었다.

"남편이 퇴원한 후 상대인 게이샤가 저를 찾아왔어요. 그녀는 아야카 씨에게 들어서 남편에게 기억이 없는 것을 알고 있었어요. 남편은 만나려 하지 않고 저를 앞에 두고 그녀는 엎드려 머리를 조아렸어요. '저는 터무니없는 짓을 저질렀어요. 저를 때려도 상관없습니다. 정말 죄송합니다.'라고 사과했고……. 저는 그녀가 말했듯이 힘껏 때리고 싶었어요. 하지만 할 수 없었어요. 결과적으로 저는 사랑하는 사람을 되찾은 몸이니까요. '예전의 남편은 죽었으니 부디 당신도 자신의 인생을 걸어가세요. 그리고 더 이상 남편 앞에 나타나지 마세요.'라고 말하고 그녀를 돌려보냈어요. 그녀는 아무 말 없이 고개를 끄덕이고 그대로 기온을 떠났어요. 그리고 저는 평온한 시간을 되찾았어요. 저희 부부의 새로운 나날이 시작되어 남편과 행복한 시간을 보내고 있었어요."

거기까지 말하고 유카는 "하지만."하고 주먹을 움켜쥐었다.

"그로부터 20년의 세월이 지나 기온에서 만나고 말았어요. 그 게이샤와 꼭 닮은 아가씨를……."

유카의 말에 침묵이 찾아왔다.

"호노카 씨죠?"

조용히 물은 키요타카에게 유카는 "네."하고 고개를 끄덕였다.

코마츠가 "뭐?"하고 얼빠진 소리를 냈다.

"호, 호노카 씨? 모모카 씨가 아니라?"

키요타카는 "네."하고 고개를 끄덕였다.

"코지 씨가 따라다녔던 것은 마이코인 모모카 씨가 아니라 게이샤인 호노카 씨였습니다. 호노카 씨와 모모카 씨가 늘 함께 있었던 것과 우연히 모모카 씨가 마이코로 데뷔한 지 얼마 되지 않은 무렵이었기 때문에 주위도 본인도 모모카 씨의 스토커라고 믿었던 겁니다."

그렇게 대답하는 키요타카에게 코마츠는 멍하니 맞장구를 쳤다.

"어, 하지만 그러면 혹시……."

"호노카 씨는 코이치 씨의 딸……이죠?"

그 말에 주위에는 긴장감이 퍼졌다.

아야카는 괴로운 표정을 띠었고, 코이치는 허를 찔린 듯이 눈을 크게 떴다.

잠시 후 유카는 가만히 고개를 끄덕였다.

"……네. 호노카 씨는 그녀와 남편의 딸이었어요."

그러자 아야카가 "죄송합니다."하고 깊이 고개를 숙였다.

"호노카의 어머니는 유메카라고 합니다. 코이치 씨와 도리에 어긋나는 사랑에 빠져서 두 사람은 꿈도 집도 재산도 모두 버리고 살아가려고 했는데. 물론 그걸 눈치챈 저는 몇 번이고 설득했습니다. 남의 사람이라고 강하게 말했습니다. 하지만 그 애는 반대하면 할수록 고집을 부려서……."

거기까지 이야기하고 아야카는 숨을 내쉬었다.

"그런 때 코이치 씨의 사고가 일어났고, 유카 씨는 모르셨겠지만 유메카는 몰래 병원에 다녀갔습니다. 코이치 씨는 유메카를 전혀 기억하지 못했지요. 유메카는 자신이 벌을 받았다면서 슬피 울었고…… 그래서 유카 씨에게 사과하러 갔다가 그대로 오이타의 본가로 돌아갔습니다. 그 뒤로는 여자아이를 낳았다고 이야기를 들었습니다."

모두는 말없이 아야카의 이야기를 듣고 있었다.

"하지만 그 딸이 성장하자 엄마처럼 게이샤가 되고 싶다고.

완고한 면도 빼닮아서 결국에는 졌다고 하더라고요. 이것도 인연이다 싶어서 그 딸을 저희 가게에서 받아들이기로 했습니다. 그게 호노카입니다.

유메카는 제게도 진실을 이야기하지 않았지만 호노카는 코이치 씨의 자식입니다. 마음에 걸려서 조사해보니 유메카는 본가로 돌아가 미혼인 채로 출산해 아이를 기르다가 소꿉친구였던 청년이 도와주러 오게 되어서 결국 결혼했다고…….

호노카는 지금의 아버지는 혈연관계는 아니지만 자신을 친자식처럼 귀여워해줬다고 이야기했습니다. 그리고 친아버지가 누구인지는 모르겠지만 자신의 아버지는 이 사람 한 사람뿐이라고 믿고 있다고……. 지금의 아버지가 호노카를 소중히 보살폈다는 것을 알고 저는 안심했습니다."

아야카는 뺨에 손을 댔다.

"유카 씨는 호노카 씨를 보고 동요하셨죠?"

키요타카는 확인하듯이 유카에게 시선을 보냈다.

그녀는 조용히 "네."하고 고개를 끄덕였다.

"저는 남편의 자식을 낳지 못했어요. 그런데 그 여자는 제게 사과했으면서 남편의 딸을 낳았어요. 제 안에 귀신이 생겨났어요. 남편의 딸을 죽이고 싶다고 생각했어요."

유카가 낮은 목소리로 대답하자 모두는 몸을 부르르 떨었다.

코이치는 여전히 말이 없었다.

"하지만 할 수 없었죠……."

부드럽게 말한 키요타카에게 유카는 몸을 떨며 고개를 끄덕였다.

"할 수 없었어요. 분하고 질투도 나고 견딜 수 없었지만 그런 짓은 할 수 없었어요……."

"그래서 당신은 호노카 씨를 기온에서 쫓아내려고 했습니다. 겁을 크게 줘서 오이타로 도망치게 하고 싶었던 거죠?"

그렇게 물은 키요타카에게 유카는 눈물을 글썽이며 고개를 끄덕였다.

"그렇구나, 그래서 코지 씨에게 스토커 역할을……."

코마츠는 납득하고 고개를 크게 끄덕였다.

"네. 남편 때와 마찬가지예요. 직접 손대지 않고 공포를 느끼게 해달라고 부탁했어요."

"유령 소동을 부탁한 것도 당신이었죠?"

키요타카의 말에 코마츠는 아까 잡은 학생의 말을 떠올렸다.

그들은 기호회 사람에게 부탁받았다고 했다.

"……네. 기호회에서 유령 소동이 화제가 됐을 때 코지 씨에게 스토커 연기를 부탁하는 김에 순찰도 부탁했어요. 그랬더니 학생의 장난이었던 것 같다는 이야기를 들었어요. 그때 문득 생각했어요. 스토커에 추가로 유령까지 나오게 되면 그녀는 정말로 기온이 싫어져서 본가로 도망칠지도 모른다고……"

그래서 저는 기호회의 명의로 그들에게 의뢰를 했어요."

유카가 그렇게 말하자 지금까지 가만히 있던 엔쇼가 어이없다는 듯이 혀를 찼다.

"아아, 하여간에. 가만히 듣고 있었더니 얼마나 이기적이고 천박한 아지매고. 온실 속 화초는 나이를 먹어도 그 모양이가. 참말로 증오스러웠다면 사람을 쓰지 말고 직접 손을 쓰소!"

엔쇼가 그렇게 내뱉자 키요타카는 "엔쇼, 말이 지나쳐요." 하고 그를 슬쩍 봤다.

"아니요, 말씀대로예요. 정말로…… 부끄러울 따름이에요. 죄송합니다. 저는 여러분 한 분 한 분께 사과하고 싶어요. 우선 코지 씨와 여기에는 없지만 호노카 씨, 그리고 코이치 씨……."

유카가 가만히 코이치 쪽을 봤다.

"코이치 씨, 나는 당신의 인생을 속박해왔어요. 정말 미안해요. 당신이 기억을 잃은 것도 분명 내가 큰 스트레스를 준 게 원인이라고 생각해요. 모든 것을 안 이상 어떤 결론을 내려도 존중할게요. 부디 지금부터는 당신이 원하는 인생을 사세요."

그렇게 말하고 깊이 머리를 숙였다.

머리를 들려고 하지 않는 유카를 앞에 두고 한동안 멍하니 있던 코이치는 이윽고 마찬가지로 머리를 숙였다.

"아니, 모든 건 내 책임이야. 유카, 미안했어. 그리고 여러분, 폐를 끼쳐서 정말 죄송합니다. 내일부터 아내와 함께 사과하러 다니겠습니다."

유카는 놀란 듯이 코이치를 봤다.

"어……?"

"당신이 천박했듯이 나도 천박했어. 기억을 잃었기 때문에 나는 당신의 다정함을 한껏 느낄 수 있었어. 나는 이 20년 동안 당신의 아낌없는 다정함을 받아왔어. 당신은 내게 멋진 아내인데. 그런 당신을 그렇게까지 몰아간 건 나야. 그걸 사과하고 싶어. 당신을 정말 힘들게 했어."

유카는 얼굴을 순식간에 일그러뜨렸다.

"이번에야말로 제대로 다시 시작하자, 부부로서."

코이치가 그렇게 말하자 유카는 소리 내어 울기 시작했다.

코이치는 그런 유카의 등을 부드럽게 안고 아야카를 봤다.

"……아야카 씨, 제 딸이라는 게이샤 호노카를 부디 잘 부탁드립니다. 그 아이에게는 이미 어엿한 아버지가 있다고 하니 아버지로서는 나설 수 없지만 가능한 도움을 주고 싶습니다."

유카도 눈물을 흘리면서 "잘 부탁드립니다."하고 머리를 숙였다.

아야카는 눈에 눈물을 글썽이며 "알겠습니다."하고 고개를 끄덕였다.

키요타카는 한 걸음 떨어진 곳에서 타카츠지 부부를 지켜봤다.

"그러면 저희는 이만 가보겠습니다."

작은 목소리로 그렇게 말하고 코마츠, 엔쇼와 함께 조용히 타카츠지 저택을 뒤로했다.

* * *

"결국 코이치 씨가 계단에서 떨어진 직접적인 원인은 유카 씨였군."

부지 안을 나오자마자 코마츠가 나직하게 중얼거렸다.

"그 아지매, 엄청난 몰골이었을끼다. 그러니 남편이 공포를 느끼고 굴러 떨어져서 기억까지 잃은 거 아닐까?"

"보통 온화한 사람이 제정신을 잃으면 무섭다고 하니까요."

"형씨가 할 소리야?"

굳은 표정으로 코마츠가 말했다.

"다들 좀 기다려!"

리큐가 화를 마구 내며 쫓아왔다.

"너무해, 키요 형. 나 계속 2층 통로를 왕복하고 있었단 말이야."

"아아, 종료 신호를 보내는 걸 깜빡했네요. 미안해요. 수고

했어요, 리큐. 덕분에 도움이 됐어요."

키요타카가 미소 짓자 리큐는 기쁜 듯이 뺨을 누그러뜨렸다.

"어, 그래? 그러면 다행이야."

바로 기분이 풀린 리큐를 보고 코마츠와 엔쇼는 "뭐 이리 쉬워."하고 얼굴을 마주 보며 어깨를 으쓱거렸다.

"아무튼 해결해서 다행이야."

코마츠는 그렇게 말하고 밤하늘을 올려다봤다.

번화가라고는 하나 높은 건물이 없는 기온의 하늘에는 별이 아주 아름답게 빛나고 있었다.

12

쿠라의 벽시계가 대앵, 하고 소리를 냈다.

울린 횟수는 일곱 번. 정신을 차리고 보니 오후 7시였다. 카운터에서 고미술 책을 열심히 읽고 있던 나는 등을 펴고 일어났다.

벌써 폐점 시간이다.

나는 문에 걸려 있는 'OPEN' 팻말을 'CLOSED'로 바꾼 후 가게 커튼을 쳤다. 선반마다 천을 덮고 있는데 딸랑딸랑, 하고 도어벨이 울렸다.

혹시나 싶어 고개를 돌리니 그곳에는 예상대로 홈즈 씨가

서 있었다. 아까 퇴근길에 여기에 온다는 연락을 받았었다.

홈즈 씨는 셔츠에 재킷을 걸치고 청바지를 입고 있었다. 평소의 흰 와이셔츠에 검은 조끼, 검은 바지도 멋지지만, 이런 편한 스타일도 잘 어울렸다.

그런 그에게 그만 넋을 잃고 말았다.

"아오이 씨."

마치 대형견이 뛰어들 듯이 홈즈 씨는 내게 안겼다. 너무 갑작스러운 행동에 나는 깜짝 놀라 눈을 크게 떴다.

"왜, 왜 그러세요."

"미안해요. 아오이 결핍이라서요."

"아오이 결핍?"

"여러모로 힘들어서요. 무슨 일이 있을 때마다 이게 끝나면 아오이 씨에게 달려가자면서 '아오이 허그 저금'을 하며 참고 있었어요."

홈즈 씨는 내게 매달린 채 말했다.

"아오이 허그 저금이라니요."

"도중에 세는 걸 그만둘 만큼 저금이 쌓였어요……."

그는 나를 힘껏 안았다.

잠시 후 홈즈 씨는 휴우, 하고 크게 숨을 내쉬고 천천히 팔을 풀었다.

"실례했어요. 덕분에 조금 진정됐네요."

그는 가슴에 손을 얹고 싱긋 미소 지었다.

바로 1초 전까지 아오이 결핍이다, 아오이 허그 저금이다, 라고 말하며 대형견처럼 변했던 것이 거짓말인 듯한 스마트한 행동.

여전히 심한 격차에 나는 무심코 쓴웃음을 지었다.

"……수고하셨어요. 맞다, 커피 탈게요."

"제가 탈까요?"

"아니에요, 열심히 일한 홈즈 씨에게 마음을 담아 탈게요."

"아오이 씨…… 고맙데이."

홈즈 씨는 기쁜 듯이 볼을 살짝 붉혔다.

나는 작게 웃고 탕비실로 들어가 나와 홈즈 씨가 마실 커피를 정성껏 타서 카운터 앞에 앉아 있는 홈즈 씨의 앞에 컵을 놓았다.

"다시금 수고하셨어요."

"고마워요."

홈즈 씨는 아주 기쁜 듯이 미소 지었다.

지금 나는 카운터 안에 있고 그는 바깥에 있다. 내가 그를 내려다보는 보기 드문 배치가 조금 신선하게 느껴졌다.

홈즈 씨가 된 기분이라고 생각하며 나는 손에 들고 있던 컵을 카운터에 놓았다.

"그런데 탐정 일은 어떠세요?"

"의뢰가 세 건 들어왔어요. 어제 다 한 번에 해결하고 바로 보수도 받았답니다."

단숨에 해결했다는 말을 듣고 "대단해요."하고 나는 감탄의 숨을 내쉬었다.

"어젯밤에는 심야까지 일하고 사무소로 돌아가 눈을 잠시 붙인 다음 오늘 낮에는 그 뒤처리를 하는 등 너무 바빠서 정신을 차리고 보니 이런 시간이더라고요."

"힘들었겠네요. 세 건이나 되니까요."

"네, 원래는 의뢰 내용을 이야기할 수 없지만 이번에는 모두 공개돼서 아오이 씨에게도 말할 수 있어요."

그 말에 나는 무심코 몸을 앞으로 내밀었다.

"어떤 내용이었는데요?"

그러자 홈즈 씨는 검지를 세웠다.

"하나는 최근 기온에 유령이 나온다는 소문이 있었다고 해요."

"네? 유령이요!"

생각지도 못한 내용에 내 목소리가 높아졌다.

"네, 게이샤와 마이코가 목격했거든요."

"밤의 기온에 유령이라니 너무 무서워요."

나는 한기를 느끼고 몸을 껴안으면서도 "그런데 그게 탐정 업무인가요?"하고 고개를 갸웃거렸다.

"그래요. 그건 전문가가 할 일이지만 누가 의뢰를 할 건지,

어디에서 돈을 낼 건지 등으로 의견이 나뉜 듯해요. 금전적인 피해를 입은 사람이 있는 것도 아니고요."

"각박하네요……."

"애초에 믿지 않는 사람도 많았나 봐요. 그래서 저희에게 일을 하는 김에 만약 유령을 보면 보고해달라는 의뢰가 들어왔어요."

홈즈 씨는 검지를 세우고 후훗, 하고 웃었다.

"여유로운 표정인데, 홈즈 씨는 전혀 안 믿으셨어요?"

"아니요, 그렇지는 않아요. 만약 정말이면 본업인 사람을 소개하려고도 생각했고요."

"본업이라면 영매사를 말하는 건가요?"

"그래요. 저희는 '제령사'나 '기도사', '악령 제거꾼'이라는 호칭을 쓰고 있지만요."

"그런 지인이 있으세요?"

"네. 고미술업을 하면 가끔 좋지 않은 존재가 씌어 있는 경우도 있어서 제령을 부탁할 때가 있어요. 요전에도 수상한 물건이 있다는 상담을 받아서 조만간 전문가에게 부탁하려고 해요."

"수상한 물건……."

그것은 고미술품에 원념이 쓰인 상태라는 뜻일까?

등이 선뜩해지고 갑자기 가게 온도가 내려간 것 같았다.

"맞다, 기온의 유령 소동 말인데요. 학생들의 짓이었어요. 처음에는 놀라는 게이샤와 마이코의 모습을 찍은 동영상을 전송하려고 했다던데요."

진상을 듣고 나는 안심해 가슴을 쓸어내렸다.

"그리고 거기에 관련된 어른도 있었는데 함께 자수도 했어요."

그래서 오늘은 바빴다는 홈즈 씨를 보며 나는 다행이라면서 가슴에 손을 얹었다. 유령이나 원념과 같은 이야기는 고역이기 때문이다.

나는 커피를 마시며 시선만으로 가게를 둘러보았다.

"아아, 아오이 씨. 이 가게엔 사연 있는 물건은 없으니 걱정 마세요."

그렇게 말한 홈즈 씨 때문에 나도 모르게 커피를 내뿜을 뻔했다.

"아, 마음속을 읽지 마세요."

"여전히 과장된 표현이네요. 아오이 씨가 지나치게 알기 쉬울 뿐이에요."

홈즈 씨는 유쾌하게 웃었다.

"그래서 나머지 두 가지는요?"

홈즈 씨는 아아, 하고 고개를 끄덕이고.

"게이샤와 마이코에게 붙은 스토커에 대한 조사와 어떤 부호의 남편에게 받은 이상한 의뢰였어요."

그렇게 말하고 내게 사건의 흐름을 대강 이야기해주었다.

나는 모든 이야기를 듣고 크게 숨을 토했다.

"세 사건은 이어져 있었네요."

홈즈 씨는 내 말에 동의하고 커피를 입으로 가져갔다.

"부부가 손을 잡는 결과가 되어 다행이라고 생각해요."

그렇게 말한 홈즈 씨에게 나는 "정말이에요."라고 동의하면서도 복잡한 기분이 들어 눈을 내리떴다.

"아오이 씨, 왜 그래요?"

"아, 그게……, 남편분의 기억이 진짜 돌아왔을 때 어떻게 될까 걱정이 들어서요."

조용하게 중얼거린 내게 홈즈 씨는 "그러네요."하고 살짝 맞장구를 쳤다.

'모든 것을 버려도 상관없다'고 생각할 정도의 연심이었다. 그것을 떠올리면 남편은 과연 어떻게 될까? 부인이 다시 괴로운 생각을 하게 될지도 모른다.

"하지만 만약 기억이 돌아와도 좋아했던 사람은 이미 다른 사람과 결혼한 거죠? 딸도 그 사람을 아버지로 인정하고 있고……."

홈즈 씨는 고개를 끄덕였다.

"그건 어쩌면 용서받지 못할 사랑을 한 죄에 대한 벌일지도 몰라요. 사장인 아야카 씨도 어딘가 코이치 씨가 가엾었겠죠.

그래서 딸에게 '호노카'라는 이름을 줬을 거예요."

"무슨 말이에요?"

"코(洸)라는 한자는 '호노카'라고도 읽을 수 있답니다."

그 말에 나는 "아아."하고 맞장구를 쳤다. 결코 인정받을 수 없고 도리에 어긋나는 사랑이지만 그 마음이 진심이었다는 것을 알기에 품을 수 있는 측은함이리라.

고개를 더욱 숙인 내게 홈즈 씨는 부드럽게 말을 걸었다.

"그건 당사자들의 문제이지 아오이 씨가 침울해할 일이 아니에요."

"그야 그렇지만…… 남편분이 집안을 위해 결혼한 뒤에 좋아하는 사람과 만난 걸 생각하면 안타까워요."

하지만 내가 동정하는 것은 부인 쪽이다. 아무래도 만약 내가 그녀의 입장이라면, 이라는 생각을 하게 된다.

"아니요, 저는 전혀 그렇게 생각 안 해요."

고개를 간단히 젓는 홈즈 씨의 말에 나는 "네?"하고 눈을 깜빡였다.

"애초에 곱게 자란 아가씨라면 몰라도 성인 남성이 집안을 위해 마음에도 없는 결혼을 하다니. 일단 자신의 힘으로 끝까지 노력해야 하지 않을까요? 아마 그렇게까지 애써보지 않고 정략결혼이라는 편한 길을 선택한 끝에 '좋아하는 사람이 생겼다'라니, 넋두리에도 정도가 있어요. 모든 일에 너무 불성실해요. 만약 기억이 돌아와서 괴롭다 해도 전부 자업자득이에요."

그렇게 말하고 홈즈 씨는 커피를 입으로 가져갔다.

"홈즈 씨……"

여전히 가차 없다.

"그렇지만 유카 씨는 줄곧 괴로워했으니까 더 이상 슬픈 생각은 하지 않았으면 해요."

"그러네요."

"하지만 역시 그것도 당사자의 몫이에요."

나는 "네……"하고 작은 목소리로 동의했다.

가능하면 남편의 기억이 돌아오지 않은 채로 지내기를 바란다. 만난 적도 없는 부부지만 그런 식으로 기도했다. 하지만 홈즈 씨의 말대로 당사자들의 문제다.

"그러고 보니 엔쇼 씨는 어땠어요?"

문득 엔쇼가 떠올라서 나는 일부러 화제를 돌렸다.

그러자 홈즈 씨는 휴우, 하고 숨을 토했다.

"마치 중2병 학생 같아요."

그래도 조금은 엔쇼도 둥글어졌다고 생각했는데, 홈즈 씨가 상대라면 그렇게는 안 되는 듯했다.

"야나기하라 선생님도 사정을 제대로 설명해주지 않으셨어요. 그저 제게 가라고만 말씀하신 것 같아요."

"아아, 참 힘들었겠네요."

그러면 엔쇼도 반발할 만하다. 홈즈 씨도 힘들었겠지만 엔쇼도 그리리라. 무엇보다 코마츠 씨가 가장 힘들었을지도 모른다.

'코마츠 씨, 애도를 표할게요······.'

그런 생각을 하면서 홈즈 씨를 보니 턱을 괴고 먼 곳을 바라보는 듯한 눈빛을 하고 있었다.

"하지만 가장 견디기 힘든 건 엔쇼의 마음을 이해하는 거라 해야 하나······."

조용히 흘러나온 홈즈 씨의 말을 제대로 알아듣지 못해서 나는 "네?"하고 앞으로 몸을 내밀었다.

"마음을 제대로 이해해도 어쩔 수 없는 경우가 있는 법이죠."

무슨 말인지 이해하지 못한 채 아무 생각 없이 맞장구를 치자 홈즈 씨는 "그렇지."하고 가방에서 클리어 파일을 꺼냈다.

"혹시 괜찮다면 이걸 받아줄래요?"

파일에는 사진이 끼워져 있었다. 나는 사진을 손에 들고 눈을 크게 떴다.

"······어, 이거 굉장하네요."

평소라면 볼 수 없을 고가 다완(茶碗)의 사진이었다. 사진은 다양한 각도에서 찍혔고 굽도 찍혀 있었다.

미술관에 가도 작품 사진을 찍는 것은 허용되지 않을 때가 많다. 물론 손에 들 수 없기 때문에 굽도 확인할 수 없다. 사진이라고는 하나 이만큼 고가의 다완이 모여 있다니, 보물이라 해도 좋을 만큼 귀중한 자료다.

"이 사진은 웬 거예요?"

"지금까지 고미술 감정에 참가했을 때 가능하면 이렇게 사진을 찍어왔어요. 데이터를 모두 컴퓨터에 보존하고 그대로 두다가 문득 떠올라서 프린트를 했죠."

"저기, 이 사진 정말 받아도 괜찮아요?"

두근대는 고동을 숨기지 못하고 묻자 홈즈 씨는 "물론이에요."하고 고개를 끄덕였다.

"감사합니다. 이런 귀중한 것을 볼 수 있다니!"

나는 기쁜 나머지 클리어 파일을 힘껏 안을 뻔한 마음을 참았다. 홈즈 씨는 흐뭇한 눈길을 보이나 싶더니 갑자기 미간을 찌푸리며 숨을 내쉬었다.

"왜 그러세요?"

"아, 다시 그 중2병 남자가 떠올라서요."

"엔쇼 씨요?"

홈즈 씨는 눈살을 찌푸렸다.

'어쩌면 이 사진은 엔쇼를 위해 준비한 것이었던 걸까?'

그렇게 생각하자 살짝 분했다.

홈즈 씨의 모습을 보아 엔쇼는 이 사진을 받지 않았으리라. 그의 마음고생을 생각하고 나는 눈썹을 내렸다.

"정말 힘들겠어요."

"뭐, 그를 부른 건 저니까 참아야지요……."

그렇게 말하고 홈즈 씨는 카운터로 머리를 떨어뜨렸다.

"네, 힘내세요."

나는 홈즈 씨의 머리를 쓱쓱 쓰다듬었다. 홈즈 씨는 어깨를 움찔거리고 카운터 위에 놓인 주먹을 꽉 쥐었다.

"……네. 지금 받은 쓰다듬으로 얼마든지 힘낼 수 있을 것 같아요."

얼굴을 묻은 채 홈즈 씨는 말했다.

"또 그렇게 과장스러운 말을."

내가 웃자 홈즈 씨가 "그렇지."하고 얼굴을 들었다.

"오늘은 같이 식사하자고 왔어요. 어떻게든 첫 일을 마쳤으니 아오이 씨와 건배를 하면 좋겠다고 생각해서요. 기온에서 괜찮은 가게를 찾았거든요."

나는 와아, 하고 가슴 앞에서 손을 쥐었다.

"기뻐요. 사건 해결을 축하해요."

"그러면 갈까요? 폐점 준비를 하죠."

힘차게 "네."하고 대답한 후, 우리는 집기에 천을 덮고 불을 끈 다음 쿠라를 나섰다.

문을 단단히 잠그고 손을 잡고 테라마치 길을 남쪽을 향해 걷기 시작했다.

"그렇지, 아오이 씨."

그렇게 이야기하는 홈즈 씨에게 나는 "네."하고 얼굴을 들었다.

"엔쇼는 아무래도 우리가 폐점 뒤에 항상 여기서 저속한 행동을 하고 있다고 생각하나 봐요."

"네에? 무슨 소리예요!"

"실례예요. 가끔 그러는 건데."

"가, 가끔이라니요. 홈즈 씨도 참. 진짜 하는 것 같은 말투잖아요."

"하지만 아까 했잖아요."

"네?"

"허그를."

장난스럽게 웃는 홈즈 씨를 보고 내 얼굴이 순식간에 달아올랐다. 또 당하고 말았다.

"여전히 짓궂네요."

나도 모르게 눈을 흘겼다.

"……짓궂은 게 누구인데."

홈즈 씨는 조용히 중얼거리고 눈길을 돌렸다.

그것은 홈즈 씨가 코마츠 탐정 사무소에서 받은 의뢰를 해결로 이끈 첫날밤에 있었던 일.

장편 『기도사와 감정사』

* * *

가게의 벽시계가 소리를 내자 카운터에서 장부를 작성하던 홈즈 씨는 정신이 든 듯 얼굴을 들었다.

코마츠 탐정 사무소는 기본적으로 오후 1시부터 일을 시작한다고 한다. 그래서 홈즈 씨는 가끔 출근 전에 쿠라에 들러 사무 작업을 하고 있다.

"……슬슬 가야겠네요."

천천히 일어나 홈즈 씨는 청소를 하고 있는 나를 봤다.

"아오이 씨, 2층 창고로 물건을 가지러 갈 테니 손님이 오면 잘 부탁해요."

나는 "그럴게요."라며 고개를 끄덕였다.

손님은 좀처럼 오지 않지만 그렇다고 자리를 비울 수는 없었다.

계단을 올라가는 홈즈 씨를 배웅하고 평소처럼 먼지떨이로 부드럽게 먼지를 털어내고 있는데 딸랑딸랑, 하고 도어벨이 울렸다.

아직 오전 시간이다. 어차피 아무도 오지 않으리라고 방심하고 있었기 때문에 너무 놀라 어깨가 움찔 떨렸다.

생각해보니 홈즈 씨의 "손님이 오면 잘 부탁해요."라는 말은 만약 손님이 온다면 대응해달라는 뜻이 아니라 방문객이 올 예정이 있었기 때문에 미리 말했던 것일지도 모른다.

"어서 오세요."

그렇게 말하며 황급히 돌아보니 그곳에는 전통의상 겉옷 하오리와 바지 하카마 차림의 젊은 청년이 웃음을 띠고 있었다.

"안녕하세요."

교토가 아니고는 들을 수 없는 독특한 억양. 검은 머리에 흰 피부, 아름다운 용모 등 홈즈 씨와 공통점이 많은…….

"키요타카 씨, 계십니까?"

느긋한 말투로 고개를 살짝 갸웃거리며 눈을 활처럼 가늘게 떴다.

그의 몸에서 희미한 매화 향기가 풍겨왔다. 홈즈 씨가 '미청년'이라면 이 사람은 '미인'이라는 느낌이다. 부드럽지만 발음이 분명한 말투를 쓰는 홈즈 씨와는 달리 이 사람의 말투는 마이코처럼 느긋했다. 어쩌면 '곱다'는 말이 딱 맞을지도 모르겠다.

멍하니 서 있는 나의 얼굴을 "왜 그러세요?"라고 물으며 그가 들여다봐서 정신을 차렸다.

"아, 저기, 홈즈 씨는…….."

"아아, 레이토. 기다리게 했네요."

거기까지 말했을 때 2층에서 홈즈 씨가 작은 오동나무 상자를 손에 들고 내려왔다.

아무래도 그의 이름은 '레이토'인 모양이다. 이름까지도 왠지 곱다.

홈즈 씨는 카운터 구석에 상자를 내려놓았다.

"다과회에서 돌아가는 길인가요?"

그의 모습을 보며 물었다.

"네, 아버지 대신 기온의 다과회에 갔어요."

"기온에서 걸어온 건가요?"

"가끔은 산책도 좋습니다."

"당신이 그 차림으로 거리를 걸으면 아주 눈에 띌 것 같네요."

"무슨, '교토에 놀러온 관광객'으로 보이는 거 같던데."

"아니에요, 당신의 행동거지는 교토 그 자체예요."

"그건 키요타카 씨야말로."

후후후, 하고 마주 미소 짓는 홈즈 씨와 레이토 씨의 모습에 나는 압도되었다.

'뭐지, 이 이상한 박력은……'

"아아, 서서 나눌 얘기도 아니니까 일단 앉아요."

그렇게 말하며 의자를 가리킨 홈즈 씨에게 그는 고개를 저었다.

"아니요, 바로 받아서 돌아가겠습니다."

"급한가요?"

"그런 건 아니지만 '그걸' 오랫동안 여기 두지 않는 편이 좋아서."

레이토 씨는 카운터의 상자로 눈길을 옮겼다.

"그런가요, 그러면 포장할게요."

"아, 제가 할까요?"

그렇게 말하는 홈즈 씨에게 내가 상자로 손을 뻗으려 했다.

"안 됩니다."

탁 쏘아붙인 레이토 씨의 말에 나는 몸을 움찔 떨며 굳어졌다.

"죄, 죄송합니다."

나는 바로 손을 물렸다.

'혹시 내가 떨어뜨리기라도 할까 봐 그런가?'

침울해서 고개를 숙이고 있자 그가 고개를 작게 저었다.

"당신은 감수성이 아주 강해 보이니까 그걸 들면 이상한 것을 받아들이고 맙니다. 무엇보다, 여성의 손이 닿지 않는 게 좋아요."

레이토 씨는 품에서 보자기를 꺼내 오동나무 상자 앞에서 손가락 두 개를 세우더니 재빨리 쌌다.

"저기, 그건 대체 뭔가요?"

당황하는 내게 홈즈 씨가 침통한 얼굴을 보였다.

"상자의 내용물은 '빗 비녀'예요. 어느 집 창고에서 발견했다고 하는데, 그것을 꽂은 이에게 좋지 않은 일이 잇달아 일어나서 우리 가게에 상담이 들어왔어요."

그 말에 나는 "그래요."하고 맞장구를 쳤다.

"요전에 말했던 '수상한 것'인가요?"

홈즈 씨는 고개를 끄덕였다.

"이건 부정을 없앨 필요가 있는 물건이라고 생각해서 전문가를 불렀어요."

"전문가……."

그만 놀라서 레이토 씨에게 시선을 옮겼다.

즉 그 방면의 전문가라면 홈즈 씨가 말했던 '기도사'이리라. 그러고 보니 얼마 전에 이야기했었지.

그러자 그는 빙긋이 눈을 초승달 모양으로 가늘게 떴다.

"저는 그저 '심부름꾼'입니다."

그렇게 말하고 보자기에 싼 상자를 손에 들었다.

"아아, 참말로 이건 안 되겠네. 여자의 정념이 깃들어 있어서. 자신을 버린 남자를 원망하고 남자를 빼앗은 여자를 원망하고 세상을 원망하고 있어. ……참말로 어리석다."

혼잣말처럼 말하고 냉소를 띤 그의 모습에 등줄기가 오싹해졌다.

"비녀의 주인은 이걸 태우고 싶지 않다더군요. 뭐, 가치가 있는 물건이니까요."

못 말리겠다는 기색으로 허리에 손을 대는 홈즈 씨에게 레이토 씨는 고개를 끄덕였다.

"알겠습니다. 다음 보름달이 진 무렵에는 건네 드릴 수 있도록 해두겠습니다. 그렇게 전해주세요."

"잘 부탁합니다."

레이토 씨는 "그러면 이만."하고 발길을 돌리려다 걸음을 멈추었다.

"아, 맞다, 키요타카 씨. 기온의 사쿠라안에서 화과자를 사왔는데 다 같이 드세요."

생각났다는 듯이 레이토 씨는 벚꽃 무늬 종이봉투에서 과자 상자를 꺼냈다.

"이거 고마워요. 사쿠라안에는 저번에 인사하러 들렀어요. 잡화점인 줄 알았는데 최근 화과자도 시작하셨다나요. 모르고 토라야의 양갱을 가져갔지만 기꺼이 받아주셨어요."

"요시노 씨는 토라야를 좋아하시니까요. 근데 들었어요. 키요타카 씨, 지금은 기온에서 탐정을 하고 있다고. 이곳저곳에서 힘드시겠네요."

"네, 그러네요."

"괜찮으면 저희 집에도 수행하러 오실래요?"

"카모야에? 그건 사양할게요."

"그거 아쉽네요."

그들은 다시 후훗, 하고 미소 지었다.

"그럼 실례하겠습니다. 세이지 씨께 안부 좀 전해주세요."

"네, 여러분께도 안부 전해주세요."

두 사람은 우아하게 마주 머리를 숙였다.

전통의상의 소맷자락을 나부끼며 레이토 씨는 그대로 가게를 나섰다.

딸랑딸랑, 하고 울리는 도어벨과 남겨진 매화 향기.

마치 매화의 정령이 찾아왔다 갑자기 모습을 감춘 듯한 신비한 감각이었다. 우두커니 선 내게 "왜 그래요?"하고 홈즈 씨가 얼굴을 돌렸다.

"아니요, 저기 왠지 아주 신비하고 아름다운 분이었어요."

마치 이세계의 주민이 차원을 넘어 찾아온 듯했다.

"저분은 자주 오시나요?"

내가 그렇게 묻자 홈즈 씨는 무뚝뚝하게 얼굴을 돌렸다.

"글쎄요, 뭔가에 쓰인 것이 들어오는 일은 거의 없으니까 정말 가끔이에요."

"쓰인 것……."

그 말에서 '수상한 것'이라는 말보다 더욱 불길함을 느끼고 내 얼굴이 굳어졌다.

"하지만 다음에는 아오이 씨가 없을 때 오라고 할게요."

홈즈 씨는 마지막에 혼잣말처럼 중얼거렸다.

"네? 어, 어째서요?"

내가 당황해 목소리를 높이자 홈즈 씨는 맥이 빠진 듯한 표정으로 "이것 참."하고 어깨를 으쓱거렸다.

"아니, 아무것도 아니에요. 그보다 슬슬 가야겠네요."

홈즈 씨는 카운터 위에 놓인 노트북을 덮어 가방에 넣었다. 시계를 확인하니 출근 시간이 다가와 있었다.

"아, 네. 다녀오세요, 홈즈 씨."

미소 지으며 손을 흔들자 그는 "안 되겠다."라며 손으로 얼굴을 덮었다.

"네? 뭐가요?"

"죄송해요. 꼭 신혼부부 같다는 생각이 들어서."

그러자 홈즈 씨는 나를 내려다보며 쑥스럽고 기쁜 듯이 부끄러워했다.

"!"

"고맙데이. 갔다 올게요, 아오이."

내 머리를 슥슥 쓰다듬고 홈즈 씨는 그대로 쿠라를 나갔다. 내 볼이 스스로도 알 수 있을 만큼 뜨거웠다.

분명 얼굴은 새빨가리라.

"'안 되겠다'는 말은 누가 해야 하는데요……."

내가 중얼거린 목소리가 조용한 가게에 희미하게 울려 퍼졌다.

제2장 『긍지의 증거』

1

긴 여름방학이 끝나고 대학 생활이 다시 시작되었다.

아르바이트는 학교가 끝난 뒤와 토요일, 일요일에 특별한 일이 없는 날만 하면 되는 통상적인 스케줄이다.

지금 쿠라의 쇼윈도에서는 나미카와 야스유키의 화병을 장식하고 있다.

낙엽이 그려져서 가을이 느껴지는 칠보 공예. 나미카와 야스유키라는 작가는 교토 출신의 메이지 시대를 대표하는 칠보 장인. 그의 작품은 그야말로 최고급 기교라 해도 과언이 아니다. 500밀리리터 페트병보다 작은 화병에 아름답고 섬세하게 그려진 그림은 끝없이 펼쳐지는 세계관을 표현하고 있는 듯했다.

너무나도 치밀한 기술은 어지간히 자세히 보지 않고는 제대로 알 수 없다. 그래서 이번 전시에는 어떤 궁리를 해보았다.

문득 쇼윈도로 시선을 돌리니 마침 지나가던 사람이 전시품을 보고 발걸음을 멈추었다.

"어머, 이거 예쁘네. 나미카와 야스유키란다."

"이렇게 작은 화병에 세밀하게, 대단하다."

"아, 봐라. 확대 렌즈도 놓여 있어서 이쪽에서 보면 잘 보인다."

"참말이네, 잘 보인다. 친절한 전시네."

그런 대화가 귀에 들어와서 나는 몰래 승리 포즈를 취했다. 가게에 들어오지는 않았지만 내 전시에 흥미를 가져준 것이 기뻤다.

바인더를 손에 들고 재고를 체크하고 있던 홈즈 씨가 부드럽게 몸을 돌렸다.

코마츠 탐정 사무소는 사건 의뢰가 들어오지 않는 경우 토요일, 일요일은 쉰다. 그런 때는 쿠라에서 일을 하고 있다.

"아오이 씨, 기쁘겠네요."

그런 말을 듣고 나는 무심코 헛기침을 했다.

"사람 마, 마음 좀 그만 읽으세요."

"그보다 아오이 씨가 너무 알기 쉬워요."

그렇지 않다고 불만스럽게 중얼거렸다.

"그런데 9월에 왜 나미카와 야스유키의 작품을 전시하기로 한 건가요?"

홈즈 씨는 전시물로 눈길을 주면서 물었다.

"엔쇼 씨가 홈즈 씨 곁에서 수행을 시작했다는 말을 듣고 문득 나미카와 야스유키가 떠올랐어요. '두 나미카와'라는 말을 들었다잖아요."

"아아, 서쪽의 나미카와 야스유키, 동쪽의 나미카와 소스케

말이군요."

"네. 그래서 사실은 나미카와 소스케의 작품도 전시하고 싶었지만 여기에는 없어서요……."

그렇게 말하며 나는 가게를 둘러보았다.

"혹시 2층 재고 중에 있을지도 몰라요. 다음에 찾아볼게요."

"와, 감사합니다. 왠지 모르겠지만 두 사람의 작품을 엔쇼 씨에게 보여주고 싶다고 생각했어요."

마지막은 혼잣말처럼 중얼거린 내게 홈즈 씨는 흐음, 하고 고개를 끄덕였다.

"역시 당신은 천성적으로 멋진 성격을 가지고 있네요."

홈즈 씨가 진지한 얼굴로 한 말에 나는 놀라 눈을 깜빡였다.

"네? 아니요, 그렇지는 않아요."

"아주 좋은 힌트를 줬어요. 아오이 씨, 당신은 정말 대단해요."

"지나치세요."

그런 이야기를 나누고 있는데 소파에 앉아 책을 읽고 있던 리큐가 지겹다는 얼굴로 이쪽을 힐끗 쳐다보았다.

"저기, 가게에서 시시덕거리지 좀 마요."

홈즈 씨가 수행을 나가는 바람에 리큐가 가게를 도와주러 오는 일이 많아졌다. 물론 주로 내가 없을 때 아르바이트를 하러 오기 때문에 이렇게 가게에서 얼굴을 맞대는 일은 적지만 말이다.

"시시덕거리는 게 아니야. 평범한 대화야."

내가 놀라서 말하자 리큐는 "그러시겠지."라고 대충 말하고 읽던 책으로 눈길을 떨어뜨렸다.

"리큐는 뭘 읽고 있나요?"

"『교토의 명 건축』이야."

리큐는 나를 대하는 얼굴과는 백팔십도 달라져서 홈즈 씨에게는 부드럽게 대답했다.

"다쓰노 긴고의 '교토 문화 박물관', 보리스의 '바자르 카페', 다케다 고이치의 '포춘 가든 교토', D.C. 그린의 '도시샤 예배당', 마쓰무로 시게미쓰의 '교토 하리스토스 정교회' ……어느것이나 훌륭하네요."

"응, 나는 이중에서는 특히 교토 문화 박물관이 좋아."

그런 대화를 들으면서 나는 호오, 라고 중얼거렸다.

"교토 문화 박물관의 건축가는 일본인이었네요."

교토 문화 박물관은 벽돌 구조로, 이국적인 영국을 연상시키는 분위기다. 산조 길에 있기 때문에 나로서도 친숙했다.

"응, 다쓰노 긴고는 조시아 콘도르의 첫 번째 제자야."

리큐가 덧붙이듯 말했다.

"조시아 콘도르는 영국 런던 출신의 건축가예요. 일본에서는 신정부 관련 건축물을 직접 맡았었죠."

바로 보충 설명해주는 홈즈 씨에게 나는 아하, 라고 맞장구를 쳤다.

교토에는 사원뿐만 아니라 역사 있고 정취 깊은 건축물도 많다.

"리큐는 건축사를 목표로 하고 있는 거지?"

전에 그런 이야기를 들은 적이 있었다.

그러자 리큐는 으음, 하고 신음하며 고개를 갸웃거렸다.

"일급 건축사 자격을 따기 위해서 지금 대학에 진학했지만 목표로 하고 있는 건 아냐. 뭘 진짜로 하고 싶은지 아직 못 정했거든. '키요 형처럼 되고 싶다'는 동경은 있지만 감정사가 되고 싶은 것도 아니고."

나는 작은 목소리로 "그렇구나."하고 대답하며 작게 고개를 끄덕였다.

리큐에게 공감하는 부분이 있었다. 나도 홈즈 씨를 동경해 박물관 전문직 자격증을 따고 싶다고 생각하고 있다. 리큐와 다른 점은 나도 홈즈 씨 같은 감정사가 되고 싶다고 생각하는 부분이다.

그렇다면 미술관에 취직하는 것을 목표하고 있느냐고 묻는다면 아직 모르겠다. 이 쿠라에서 하루 종일 업무를 도우면서 감정 실력을 갈고닦는 것도 매력적으로 보이지만 바깥세상으로 나가 다양한 경험을 하고 싶은 마음도 있다.

'나는 장래 무엇을 하고 싶은 걸까?'

멍하니 생각하고 있는데 딸랑딸랑, 하고 도어벨이 울렸다.

'혹시 방금 쇼윈도를 보고 있던 사람들이 온 걸까?'

"어서 오세요."

기대하고 웃으며 문 쪽으로 고개를 돌리니 그곳에는 아키히토 씨가 있었다.

"아아, 아키히토 씨."

"……어, 아오이. 왜 갑자기 그렇게 실망한 얼굴을 하는 건데?"

아키히토 씨는 당황한 듯 시선을 이리저리 움직였다.

"아니요, 그럴 리가요. 실망 안 했어요."

'역시 나는 그렇게 알기 쉬운 걸까?'

황급히 고개를 젓는 나의 뒤에서 홈즈 씨와 리큐가 유쾌한 듯이 큭큭 웃고 있었다.

"오, 리큐도 와 있었네?"

"응, 아키히토 씨, 오랜만이야."

리큐는 손을 쓱 들고 다시 책으로 눈길을 향했다.

"어서 오세요, 아키히토 씨."

"오오, 다행이다 홈즈. 역시 오늘은 여기 있었구나."

아키히토 씨가 바싹 다가서자 홈즈 씨는 쓴웃음을 지으며 그 얼굴을 손바닥으로 되밀었다.

"얼굴이 가까워요. 지금 커피를 탈 테니 일단 앉으세요."

그렇게 말하고 카운터 안으로 들어갔다.

2

　홈즈 씨가 탄 커피가 모두의 앞에 놓였을 때 아키히토 씨는 얌전한 얼굴로 입을 열었다.

　"……의논할 일이 있어서 왔는데, 그 전에 들어줘, 홈즈. 나는 이제 틀렸을지도 몰라."

　그렇게 말하자마자 아키히토 씨는 카운터에 푹 엎드렸다.

　"무슨 일 있었나요?"

　"〈지역 레인저〉 말인데……."

　아키히토 씨는 엎드린 채 말했다.

　아키히토 씨가 주연하는 〈지역 레인저〉는 4월에서 7월에 걸쳐 시즌2가 방송되었다. 인기가 더욱 올라가서 시즌3의 방송도 결정되었다고 한다.

　"〈지역 레인저〉에 무슨 일 있나요? 상당히 호평인 듯한데."

　그렇게 말하는 홈즈 씨에게 나도 맞다며 고개를 끄덕였다.

　"호평인 건 좋아. 나를 제외하고 〈지역 레인저〉에서 인기가 제일 많은 건 퍼플과 옐로인데."

　아키히토 씨는 얼굴을 들고 숨을 휴우 내쉬었다.

　홋카이도의 화이트, 도호쿠의 그린, 간토의 블루, 쥬부의 퍼플, 간사이의 옐로가 시즌1의 멤버. 시즌2에서는 주코쿠 지방의 레드, 시코쿠의 오렌지, 규슈의 핑크가 가세했다.

그중에서 나고야 미인인 퍼플과 나니와의 꽃미남인 옐로는 여전히 많은 인기를 자랑하고 있었다.

사실 '히라카타 파크'에서 맨얼굴이 수수했다는 사실이 드러난 퍼플, 그 뒤로는 이를 역으로 활용해 '맨얼굴에서 변신!'이라며 메이크업 과정까지 시청자에게 선보였다. 그것이 상당히 호평을 받아서 젊은 여성용 패션지나 TV의 메이크업 방송에 출연하고 있었다.

옐로는 누가 봐도 간사이 사람에 말도 잘하고 재미있고 멋있다며 인기가 있었다.

블루인 아키히토 씨를 메인으로 퍼플과 옐로가 양 사이드에서 지탱함으로써 〈지역 레인저〉는 전성기를 구가하고 있었다.

"그렇게 인기가 많은 퍼플과 옐로가 빠지게 됐어……."

내 입에서 "네?"하고 당혹스러운 목소리가 나왔다.

"어, 어째서요? 인기 있는 두 사람인데……."

"잘리는 게 아냐. 두 사람 다 방송국은 다르지만 각자 황금시간대 드라마에 출연이 결정되고 일도 늘었고…… 그래서 이번 기회에 〈지역 레인저〉를 졸업한대."

아키히토 씨는 고개를 숙인 채 말했다.

아이돌 그룹으로 말하자면 일곱 멤버 중 세 사람이 두드러지게 인기를 끌어서 그룹을 떠받치고 있었는데, 그 세 명 중 둘이 솔로 활동 선언을 하고 그룹을 나간다……고 해야 할까.

나도 완전히 〈지역 레인저〉의 팬이 되었기 때문에 그 이야기는 충격이었다. 아키히토 씨의 침울함을 내 일처럼 이해할 수 있었다.

　"그건 조금 서운하겠지만 어쩔 수 없는 일이네요."

　홈즈 씨는 아무렇지 않게 말했다.

　"……하여간에, 넌 진짜 그런 사람이라니까."

　"그런 사람이라니요?"

　홈즈 씨는 멍하니 고개를 갸웃거렸다.

　"〈지역 레인저〉의 인기가 떨어질 위기인데 진짜 냉정한 녀석이야. '두 사람이 없다고 인기가 떨어진다면 그 정도밖에 안 되는 거겠죠'라고 말하고 싶은 거지?"

　아키히토 씨는 투덜대며 컵을 손에 들었다.

　"그렇게 말하지는 않았습니다만……."

　"그럼 쥬부와 간사이는 어떻게 되는 거예요?"

　"새 멤버로 교체해야지. 극중에서도 퍼플은 사업에 성공해 뉴욕으로 진출, 옐로는 배우를 하고 싶다면서 극단으로 돌아가는 전개로 가는 것 같아."

　나는 "그렇군요."라고 맞장구를 쳤다.

　"뭐, 어쩔 수 없지. 제행무상(諸行無常)이라고 하지? 떠나는 이를 붙잡을 수 없고 남겨진 쪽은 쇠퇴해갈 수밖에 없다고 해야 하나."

드물게 침울한 아키히토 씨에게 나는 아무 말도 할 수 없었다.

"아, 미안. 그건 그렇고 의논하고 싶은 건 레인저가 아니라 〈교토 나들이하기 좋은 날〉에 대한 건데."

아키히토 씨는 분위기를 바꾸듯이 밝게 말하고 가방에서 서류를 꺼냈다.

"〈교토 나들이하기 좋은 날〉로요?"

홈즈 씨는 표정을 바꾸지 않았지만 흥미가 살짝 생겼는지 눈에 힘이 들어갔다.

〈교토 나들이하기 좋은 날〉이란 아키히토 씨가 교토의 각지를 소개하는 5분짜리 방송이다. 꽤나 평이 좋아서 방송을 시작한 지 3년이나 된다.

홈즈 씨는 〈지역 레인저〉보다 〈교토 나들이하기 좋은 날〉이 더 마음에 드는지 빼먹지 않고 체크하고 있는 듯했다. 5분짜리라서 시간을 지나치게 빼앗기지 않는 것도 마음에 드는 점일지도 모르겠다.

"아아, 3년이나 하니 갈 곳이 거의 없어서. 다음에 〈교토 나들이하기 좋은 날 스페셜〉로 30분 동안 방송해야 하는데 어디가 좋을 것 같아?"

그렇게 말하면서 아키히토 씨는 카운터 위에 서류를 놓았다.

홈즈 씨는 "어디 한 번 보죠."하고 서류로 눈길을 떨어뜨렸고, 나도 그의 옆으로 가서 들여다보았다. 갈 곳이 거의 없다고 했지만 아직 안 가본 곳이 이렇게나 많다니 새삼 교토의 깊이에 놀랐다.

홈즈 씨는 목록 중에서 '헤이안 신궁'이라는 글자를 발견하고 손가락을 댔다.

"……그러고 보니 아직 헤이안 신궁에 가지 않았지요?"

"아아, 그러네."

아키히토 씨는 간단히 동의했다.

"의외네요. 유명한 곳은 처음에 이곳저곳 갔는데 헤이안 신궁처럼 이름이 알려진 곳에 아직 안 갔다니……."

이상하다고 생각하면서 내가 말하자 아키히토 씨는 "뭐, 그렇지!"라고 대답하며 머리 뒤로 깍지를 꼈다.

"헤이안 신궁은 지금까지 몇 번 기획에 올랐지만 내가 의욕이 안 났거든."

그 말에 홈즈 씨가 눈을 크게 깜빡였다.

"어째서죠?"

이상하다는 듯이 묻는 홈즈 씨를 앞에 두고 아키히토 씨는 살짝 당황한 기색을 보였다.

"어째서냐니. 아니, 그게 말이야. 확실히 헤이안 신궁은 크고 넓고 훌륭해서 나도 옛날에는 좋아했지만, 애초에 메이지 시대에 들어와 지어진 역사가 짧은 신사잖아? 난젠지나 토호쿠지 같은 역사 깊은 곳에 갔더니 뭐랄까, 그런 요즘 사원에는 마음이 움직이지 않는다고 해야 하나."

그렇게 말하고 아키히토 씨는 어깨를 으쓱거린 후 턱을 괴었다.

"하여간에 당신은, 그래도 그렇지……."

어이없다는 듯이 숨을 토하는 홈즈 씨를 보고 아카히토 씨는 경계했다.

"뭐, 뭔데?"

"아니요, 당신에게는 '백문이 불여일견'이라는 말이 딱 맞네요. 지금부터 시간 되나요?"

"응, 오늘은 심야에 오사카에서 라디오에 출연하기만 하면 되니까 시간은 있는데."

"그러면 지금부터 같이 헤이안 신궁에 가죠."

아키히토 씨가 으응, 하고 얼빠진 소리를 냈다.

"리큐, 미안하지만 가게 좀 부탁할게요. 지금부터 나와 아오이 씨는 아키히토 씨를 데리고 헤이안 신궁에 갔다 올 테니까요."

홈즈 씨는 검은 조끼의 단추를 풀며 그렇게 말했다.

"으응?"

이번에는 리큐의 얼빠진 목소리가 가게에 울렸다.

3

헤이안 신궁까지는 차로 가기로 해서 우리 세 명은 홈즈 씨가 운전하는 사무실 차에 탔다. 오이케 지하주차장에서 지상으로 올라왔다.

"여전히 재규어가 사무실 차라니, 수수하고 고급스러운 취향이네."

뒷좌석에 혼자 앉은 아키히토 씨는 머리 뒤로 깍지를 끼고 작게 웃었다.

"할아버지 취향이라서요."

"그럼 다음에 바꿀 때도 재규어야?"

그렇게 묻는 아키히토 씨에게 홈즈 씨는 고개를 갸웃거렸다.

"글쎄요? 최근 재규어의 엠블럼은 이제 보닛 마스코트가 아니지 않습니까."

그 말에 조수석에 앉은 나는 무심코 고개를 뻗어 앞쪽을 확인했다.

확실히 재규어의 상징이라고도 할 수 있는 보닛 앞을 질주하는 재규어가 존재감을 뽐내고 있었다.

"아아, 그러고 보니 그러네. 재규어뿐만 아니라 다른 고급차의 엠블럼도 보닛 마스코트가 아닌 것 같아."

"할아버지는 '재규어는 보닛에 재규어가 있기 때문에 재규어인기라! 재규어가 없는 재규어는 안 좋아한다!'라고 하셨으니 다음에는 다른 차를 살지도 모르겠네요."

오너의 모습이 떠올라서 나는 무심코 웃고 말았다.

문득 창밖을 보고 홈즈 씨가 서쪽으로 향하고 있는 것을 깨닫고 나는 고개를 갸웃거렸다.

"저기, 헤이안 신궁은 반대 방향 아닌가요?"

"네, 모처럼 나왔으니 아까 리큐와 이야기했던 교토 문화 박물관 건물을 두 사람에게 보여주고 싶어서요."

오이케 길을 서쪽으로 달리던 홈즈 씨는 사카이마치 길에서 남쪽으로 내려가 산조 길에서 오른쪽으로 꺾었다. 그러자 바로 벽돌 구조의 교토 문화 박물관이 보이기 시작했다.

앞뒤로 차가 없어서 홈즈 씨는 느긋하게 달렸다.

"몇 번 온 적이 있지만 모던한 건물이네요."

"생각해 보니 제대로 보는 건 처음인 것 같아. 세련된 건물이네."

아키히토 씨는 창문에 달라붙듯이 바깥을 바라보며 말했다.

"이쪽의 별관은 메이지 시대에 은행으로 지어졌습니다."

그렇게 이야기하는 홈즈 씨에게 우리는 아하, 하고 맞장구를 쳤다.

"그 당시…… 대정봉환(大政奉還) 이후의 교토는 빈터나 빈집이 눈에 띄는 황량한 상태였다고 합니다. 하지만 그 땅을 이용해 우리가 잘 아는 '신쿄고쿠'라는 새로운 번화가가 지어졌습니다. 덕분에 산조 길에도 활기가 생기게 됐죠. 그런 산조 길에 이 '일본은행 교토지점'이 지어졌습니다. '다쓰노 식'이라고 불리는 붉은 벽돌과 흰 화강암 가로줄무늬가 조화를 보이는 영국 양식의 멋지고 아름다운 건축물은 당시 교토 시민의 마음을 격려했을 겁니다."

홈즈 씨의 말에 넋을 잃었다.

"격려해?"

나와 아키히토 씨는 사이드미러 너머로 고개를 갸웃거렸다.

4

자동차는 그대로 동쪽으로 방향을 틀어 오카자키로 향했다.

오카자키 공원 주차장에 차를 세우고 지상으로 나오자 보는 사람을 압도하는 신사 입구에 세운 기둥문, 토리이가 보였다. 푸른 하늘 아래 그 주홍색이 눈부셨다.

"역시 크네."

아키히토 씨는 양손을 펼치고 기쁜 듯이 웃었다.

나와 홈즈 씨는 무심코 얼굴을 마주 본 후 아키히토 씨에게 시선을 보냈다.

"둘 다 뭐야. 무슨 말이 하고 싶은데."

"역사가 짧다고 했는데 아키히토 씨에게서 '헤이안 신궁 정말 좋아' 오라가 나오고 있어서요."

내가 후훗, 하고 웃으며 말하자 홈즈 씨도 "정말로." 하고 동의했다.

"그러니까 원래는 좋아해. 어릴 때 가족끼리 헤이안 신궁에 왔다 동물원에 가곤 했으니까."

헤이안 신궁과 교토시 동물원은 인접해 있다. 그래서 그런지 이 부근에는 가족 동반 모습도 많아서 가정적이고 느긋한 분위기다.

유모차를 끄는 젊은 부부의 모습을 보면서 내 장래를 겹쳐보고 살짝 두근거리고 있는데, 아키히토 씨가 "그러고 보니." 하고 소리를 냈다.

"홈즈, 코마츠 씨 사무소는 어때?"

"어떠냐고 물어도. 그럭저럭 해나가고 있습니다."

"일거리는 있어?"

아키히토 씨에게는 여전히 거리낌이라는 것이 없었다.

"기온에서 일어난 사소한 트러블을 해결한 것을 계기로 조금씩이지만 일도 들어옵니다. 물론 불륜, 약혼자의 만행, 애완동물 찾기 같은 일이 대부분입니다만."

그 말에 아키히토 씨는 "자잘하네." 하고 웃었다.

"그러고 보니 엔쇼도 같이 있지? 너희들 괜찮냐? 라이벌이었는데 지금은……."

거기까지 말하다가 아키히토 씨는 몸을 움찔거리고 말을 멈추었다.

'왜 그러지?'

이상해서 "지금은?"하고 되물으며 아키히토 씨를 보니 시선을 이리저리 움직이다가 이어 말했다.

"아니, 이 녀석들 원래 견원지간이잖아."

나는 아아, 하고 괴로운 표정으로 맞장구를 쳤다.

"그러네요. 견원지간이라서 저도 걱정이에요."

그러자 홈즈 씨는 온화하게 입가를 끌어올렸다.

"괜찮아요. 짬을 내서 엔쇼에게 고미술 강의를 하고 있는데 그때만은 고분고분하고, 탐정 업무에도 의욕은 보이지 않지만 실수 없이 일을 처리하고 있어요."

엔쇼도 요령이 좋은 타입이니 실수 없이 처리하고 있다는 말에 그 모습이 상상이 갔다.

"어쩌면 의외로 좋은 콤비일지도 모르겠네요."

"조, 좋은 콤비라니. 홈즈의 파트너는 나라고!"

내가 별 의미없이 중얼거린 말에 아키히토 씨가 힘차게 몸을 내밀며 홈즈 씨의 두 어깨에 손을 올렸다.

나도 주위 사람도 놀라서 두 사람을 주목했다. 주변에서 볼을 붉히고 있는 여학생의 모습도 눈에 들어왔다.

"……저로서는 당신도 엔쇼도 '파트너'라고 생각하지 않으니 섭섭하게 생각하지 마시죠."

홈즈 씨는 싱긋 미소 지으며 아키히토 씨의 손목을 잡아 어깨에서 뗐다.

"아야야야야야."

아키히토 씨는 황급히 손을 빼며 눈물을 글썽였다.

"하여간 여전히 차갑다니까. 아, 그렇지. 파트너가 아니라 절친이었지."

또다시 홈즈 씨의 어깨에 손을 두르는 아키히토 씨는 강철 멘탈의 소유자다.

예상대로 그 몇 초 뒤에 "아야!"하고 아키히토 씨의 비통한 목소리가 울려 퍼졌다.

이번에는 그 손을 홈즈 씨가 비틀었다.

"하여간에 지치지도 않는다니까요."

진심으로 질렸다는 듯이 홈즈 씨는 숨을 내쉬고 손을 뗐지만 아키히토 씨의 '절친'이라는 말을 부정하지는 않았다. 아키히토 씨도 그것을 눈치챘는지 "진짜 너무하네."라고 말하면서도 어딘가 기뻐 보였다.

남에게 좀처럼 마음을 열지 않는 홈즈 씨에게 아키히토 씨처럼 뒤끝 없는 타입은 안심할 수 있으리라.

"나는 홈즈의 몇 안 되는 친구니까 더 소중히 여겨줘. 아니, 너 친구가 아예 없지?"

진지한 얼굴로 다시 실례되는 말을 가차 없이 하는 아키히토 씨를 보고 나는 쓴웃음을 지었다.

하지만 홈즈 씨는 신경도 쓰지 않는지 선뜻 대답했다.

"이른바 '친구로 만나는' 학우는 몇 명 있습니다."

"아, 그렇구나. 너 외모는 괜찮으니까."

"아키히토 씨……."

나는 굳은 표정으로 문득 코히나타 케이고 씨를 떠올렸다.

그는 그야말로 '친구로 만나고' 있는 사람 중 한 사람이리라. 코히나타 씨는 내 절친인 카오리를 마음에 들어 하고 있는데, 그들은 앞으로 어떻게 될까?

"그러고 보니 코히나타 씨는 잘 지내세요?"

그렇게 묻자 홈즈 씨는 고개를 살짝 갸웃거렸다.

"연락을 하지 않아서 모르겠네요."

나는 "그런가요."하고 눈을 내리떴다.

"카오리 때문에 그러나요?"

홈즈 씨도 코히나타 씨가 카오리를 마음에 두고 있다는 것을 알고 있다.

"……네."

"그러고 보니 카오리 씨는 잘 지내나요?"

"잘 지내요."

하나의 사랑을 끝낸 카오리지만 침울함을 질질 끌고 있는 기색은 없었다. 오히려 이전보다 조금 어른스러워진 것 같기도 했다.

"맞다, 카오리 말인데요. 어학을 더 공부하고 싶어서 여름 방학 때 호주로 단기 유학을 갔어요."

홈즈 씨가 조금 놀란 듯이 오호, 라고 중얼거렸다.

"참 훌륭하네요."

"포목점의 딸인 카오리가 어학을 공부하고 싶어 해외로 단기 유학을 가다니, 조금 의외네."

아키히토 씨가 중얼거렸다.

"카오리가 가게를 물려받는 것도 아닌데요 뭐. 하지만 미야시타 포목점에는 해외 손님도 많대요."

"그렇겠죠."

"이봐, 아오이도 영향을 받아 유학 가고 싶어지지 않았어?"

아키히토 씨의 질문을 받고 볼이 살짝 뜨거워졌다.

사실 그의 말대로 나는 영향을 고스란히 받았다. 홈즈 씨가 해외로 수행을 갔을 때도 그랬지만, 절친인 카오리가 유학을 간다는 말을 들었을 때도 묘한 초조함을 느꼈다. 그래서 갈 예정도 없는데, 미리 여권을 만들었다.

……이후에 이 여권이 생각지도 못한 형태로 도움이 되는데, 그것은 조금 뒤의 이야기다.

홈즈 씨는 "그럼 경내로 들어가죠."하고 얼굴을 들었다.

토리이와 마찬가지로 누문도 거대하고 눈에 선명한 주홍색이었다. 돌계단을 올라가 누문을 지나자 경내가 펼쳐져 있었다. 좌우로 신사나 절의 참배자가 손이나 입을 깨끗이 씻는 물을 받아두는 테미즈야이기도 한 서쪽의 백호, 동쪽의 창룡 동상. 아득한 저편에 웅장하고 아름다운 본전, 그 좌우에는 백호루와 창룡루가 보였다. 이 넓이는 압권이었다.

"오랜만에 왔네. 여기에 오면 타임슬립한 듯한 기분이 든다고 해야 할까, 이세계에 온 느낌이 들어."

나도 고개를 연신 끄덕였다.

"헤이안쿄를 재현했다고 하기도 하니까."

"네, 헤이안 신궁의 신전은 당시 헤이안쿄의 약 8분의 5 규모로 재현되었다고 합니다."

바로 대답한 홈즈 씨를 보고 "여전히 대단하네."하고 아키히토 씨는 웃음을 터뜨렸다.

"헤이안쿄의 재현이라…… 이렇게 보면 역사가 짧은 신사지만 압도되는 것도 있다고 해야 하나."

아키히토 씨는 후, 하고 뜨거운 숨을 내쉬었다.

그런 그를 곁눈질하면서 홈즈 씨는 못 말리겠다는 듯이 어깨를 올렸다 내렸다.

"당신은 아까부터 이 헤이안 신궁을 '역사가 짧다'고 몇 번

이나 말하는군요. 대체 뭡니까."

"어? 하지만 교토에서는 '메이지 창건'은 '최근 일'로 취급을
받잖아?"

아키히토 씨는 의외라는 얼굴을 보였다.

나도 조금 의외였다. 교토는 역사를 중시하는 면이 있어서
창립이나 창업 일시가 옛날이면 옛날일수록 능력치가 오른다
는 느낌이 없지 않아 있다.

메이지, 다이쇼 시대(1868~1926)에 창립되었다고 말하면
'우리는 에이로쿠(1558~1570) 때'라며 코웃음 칠 듯한 이미지
다. 그렇다고 실제로 그런 사람을 만난 적은 없지만 말이다.

"물론 역사가 깊은 건 대단한 일이지만 이 헤이안 신궁은
그런 면으로는 말할 수 없는, 교토에 사는 이에게 소중한 신
사입니다."

"응? 무슨 소리야?"

아키히토 씨가 몸을 내밀며 묻자 나도 같은 마음으로 홈즈
씨를 봤다.

"헤이안 신궁은 헤이안 천도 1100년을 기념해 천도의 조상
신인 간무 천황을 제신으로 창건되었습니다."

홈즈 씨는 걸으면서 천천히 이야기하기 시작했다.

"메이지 유신으로 수도가 도쿄로 옮겨지자 교토는 순식간
에 쇠퇴했습니다. 과거에 화려한 수도의 그림자가 옅어지고

쇠퇴하는 모습은 눈 뜨고 못 볼 정도였다고 합니다."

이야기를 들으면서 나는 숨을 삼켰다. 지금으로는 상상도 할 수 없는 이야기다.

"긴 역사를 거치며 이 나라는 천도를 반복했습니다. 그것을 잘 아는 교토 사람들은 과거의 수도가 어떻게 되는지 잘 알고 있었습니다."

헤이죠쿄에서 나가오카쿄, 그리고 헤이안쿄로 천도했고, 마침내 수도는 서쪽을 떠나 먼 동쪽 땅으로 가버렸다.

선견지명을 가진 자, 장사를 하는 자도 마찬가지로 도쿄로 옮겨가고 교토에 남겨진 자들이 이 도시는 이제 끝났다면서 절망에 가까운 마음을 품는 모습은 상상하기 어렵지 않았다.

"하지만 교토에 사는 이들은 꺾이지 않았습니다."

홈즈 씨의 그 말에 고개를 숙이던 나와 아키히토 씨는 얼굴을 들었다.

"이대로는 안 된다며 모두의 마음을 하나로 모아 여기에 헤이안쿄를 재현한 넓은 신궁을 지었습니다. 그것은 '교토는 앞으로도 결코 쇠퇴하지 않는다'는 긍지와 열의와 결의의 집대성. 그것이 헤이안 신궁입니다."

홈즈 씨는 강한 어조로 말하고 헤이안 신궁의 본전을 올려다보았다.

"…………."

나도 아키히토 씨도 말이 나오지 않았다.

이제부터 도시가 쇠퇴해갈지도 모르는 순간에 모두의 마음을 격려하고 앞으로도 수도로서 존재하자며 보는 이를 압도하는 아름답고 거대한 신궁을 지은 것이다.

'도쿄에 수도를 맡겼을 뿐이다.'

교토에는 그런 농담이 있다. 어쩌면 당시에는 애써 보인 허세였을지도 모른다. 하지만 그 허세를 보일 수 있었던 것은 이 헤이안 신궁의 존재가 있었기 때문이리라.

가슴에 뜨거운 것이 차올라 내 눈에 눈물이 고였다.

"역사가 짧다든가 하는 이야기가 아닙니다. 지금도 교토가 이렇게 번성할 수 있는 것은 이 헤이안 신궁이 있기 때문입니다."

아키히토 씨도 뭐라 말할 수 없는 마음이 북받쳤는지 얼굴을 돌리고 눈을 비비고 있었다.

"그러니 아키히토 씨. 당신도 지지 마세요."

홈즈 씨는 가만히 아키히토 씨의 어깨에 손을 얹었다.

아키히토 씨는 "응?"하고 당황한 듯 고개를 돌렸다.

"레인저 중에서 큰 존재가 없어졌다 해도 아직 당신과 다른 멤버가 남아 있습니다. 졸업한 멤버들이 후회할 만큼 새롭게 인기를 끌면 됩니다."

그렇게 말하고 홈즈 씨가 미소 짓자 아키히토 씨는 순식간에 눈을 붉혔다.

"홈즈······."

"한심한 얼굴 하지 마세요."

"지금 홈즈를 엄청 안고 싶은데 아오이, 괜찮겠어?"

그렇게 말하며 아키히토 씨는 내게 허락을 구했다.

"그, 그러세요."

"저는 사양할게요. 그보다 얼굴이나 닦으세요."

홈즈 씨는 어이없다는 듯이 손수건을 아키히토 씨에게 내밀었다.

"그건 즉 얼굴을 닦고 나서 안으라는 소리지?"

"······자신의 두 다리로 똑바로 서라는 소리입니다."

홈즈 씨가 톡 쏘아붙이자 아키히토 씨는 유쾌하게 웃고 등을 폈다.

"그러네····· 헤이안 신궁처럼 듬직하고 넓은 마음으로 자신을 가지고 해나가야지."

홈즈 씨는 "바로 그겁니다."하고 부드럽게 웃었다.

"그러면 본전을 참배하죠."

홈즈 씨가 걷기 시작하자 나와 아키히토 씨는 고개를 크게 끄덕이고 뒤를 좇았다.

헤이안 신궁은 원래부터 좋아하는 신사였다. 하지만 오늘 이야기를 듣고 특별한 신사로 바뀌었다. 장래에 대해 생각하고 있을 때 여기에 와서 홈즈 씨의 이야기를 들어서 다행이다. 내게도 이제부터 여러 일이 있을 것이다. 아키히토 씨처럼 '이제 틀렸다'며 낙담하는 순간도 올 것이다. 그런 상황에 직면하게 되면 이곳으로 오자.

나는 얼굴을 들고 헤이안 신궁을 올려다보았다. 과거 절망 속에 있던 교토 사람들이 이 헤이안 신궁을 마음의 지주로 삼아 노력했듯이 이 아름답고 광대하고 장엄한 신궁의 기운을 받으러 와야겠다.

한 걸음 앞을 유쾌하게 걷고 있는 홈즈 씨와 아키히토 씨의 등을 바라보면서 나는 밝은 기분으로 미소 지었다.

제3장『판도라의 상자』

1

게이샤를 둘러싼 스토커 의혹, 타카츠지 코이치가 계단에서 굴러 떨어진 사건의 진상, 유령 소동을 해결함으로써 '코마츠 탐정 사무소'는 기온에서 지명도를 올렸고, 여기저기서 일거리가 들어오게 되었다.

불륜 뒷조사나 애완동물 찾기와 같은 정석적인 것뿐만 아니라 기호회에서도 의뢰를 받게 됐다.

키요타카의 수완과 내켜하지 않으면서도 도와주는 엔쇼의 활약도 있어서 항상 사건은 순식간에 해결 단계에 이르렀다.

그런 평판이 평판을 불렀는지 오늘은 이런 별난 의뢰가 들어왔다.

그것이 이번 일련의 사건의 시작이었다. 교토는 항상 횡적 유대 관계가 강해서 세상은 좁다고 생각하고 있었는데, 그것을 현저하게 느낄 수 있었던 사건이었다.

* * *

"이 상자를 열기 위한 암호를 해독해주세요."

코마츠 탐정 사무소를 찾은 의뢰인 남성은 그렇게 말하고 보자기를 풀었다.

그는 스미카와 사키치(45), 기온에서 요정을 포함한 음식점을 몇 곳이나 경영하고 있다.

보자기 안에서 나온 것은 보기에도 튼튼하고 고전적인 철제 상자였다. 크기는 양손에 올릴 정도. 다이얼록식 알파벳 열 글자를 합치면 열리는 타입이었다. 말하자면 철제 금고다. 꽤나 빛이 바래기는 했지만…….

맞은편에 앉은 키요타카는 호오, 하고 흥미로운 듯이 맞장구를 쳤다.

"상당히 공들인 금고로군요."

사키치는 고개를 끄덕였다.

"할배가 남겨주신 겁니다."

키요타카의 옆에 앉아 있던 엔쇼는 여전히 나른해하며 금고를 내려다봤다.

"……보기에도 복잡해 보이는데 어째서 여긴교? 자물쇠 전문가한테 부탁하면 되지 않는교?"

코마츠는 맞는 말이지만 그런 소리 말라며 조금 떨어진 책상에서 상황을 살펴보고 쓴웃음을 지었다.

"저도 그렇게 생각했지만 어무이가 잘 모르는 사람한테 부탁하기보다 여기에 부탁하고 싶다고 하셔서."

"사키치 씨의 어머님은 저희를 아십니까?"

"직접은 모른다 하는데, 이 기온에 살고 있고 믿을 만한 기호회 사람들이 그 탐정 사무소에는 일을 맡길 수 있다고 말한 걸 들었다고. 그리고 야가시라 세이지 씨의 손자가 지금 여기에 있다면서요? 대단한 수완가여서 '테라마치 산조의 홈즈'라고 불린다는 소문도 들었습니다."

코마츠가 호오, 하고 중얼거렸다.

"참으로 영광입니다."

키요타카가 싱긋 미소 지었다.

"이게 할배가 남기신 편지고……."

사키치는 가방에서 봉투를 꺼내 테이블 위에 놓았다.

"그러면 확인해보겠습니다."

키요타카는 바로 흰 장갑을 끼고 봉투에서 편지지를 꺼냈다.

보기에 봉투도 편지지도 색이 바래서 상당한 세월이 느껴졌다.

'전장에 가기 전에 이 편지를 쓰고 있다.

너희이니까 말하지만, 제2차 세계대전은 완전히 실패했다고 나는 생각한다.

나는 무사히 돌아갈 수 있을 것 같지 않다.

따라서 이 편지를 남기기로 했다.

거실 땅속 깊이 너희에게 남긴 것이 있다.

암호문도 동봉한다. 너희라면 해독할 수 있을 것이다.

부디 앞으로의 인생에 도움이 되기를 바란다.

주의해줬으면 하는 것은, 그 금고는 장인에게 특수 주문한 물건이다.

무리하게 열려고 하거나 암호를 세 번 이상 틀리면 안에 든 것이 파괴되게 설정되어 있다. 너희 이외의 사람에게 넘어갈 것 같으면 가치를 없애는 편이 낫기 때문이다.

진심으로 행복하기를 기도하고 있다.'

"할배의 불길한 예감은 적중해서 전장에서 돌아오지 못했습니다."

사키치는 휴우, 하고 숨을 내쉬었다.

"그러셨군요…… 그래서 이 편지에 적혀 있는 '암호문'은 어디 있습니까?"

"맞다, 이게 암호문입니다."

사키치는 가방에서 클리어 파일을 꺼내 내밀었다. 그곳에는 갈색으로 바랜 종이가 있었다.

"실례하겠습니다."

키요타카는 클리어 파일을 받아 암호문으로 눈길을 떨어뜨렸다.

그곳에는 'ε'이나 '3'과 비슷한 지렁이 같은 글자가 나열되어
있었고, 그 양은 세 줄에 이르렀다.

"뭐, 뭐야 이건."

코마츠는 일어나 앞으로 몸을 내밀었다.

"…………."

엔쇼도 얼굴을 찡그리며 미간을 찌푸렸다.

"87자……."

키요타카는 지렁이 같은 글자의 수를 셌는지 흐음, 하고 고
개를 끄덕였다.

"편지는 어무이한테 왔는데, 결국 어무이도 알 수가 없어
서……."

아쉽다는 듯이 그가 말하자 옆에서 듣고 있던 코마츠가 머
릿속으로 정리를 했다.

이 금고는 의뢰인의 조부가 의뢰인의 어머니에게 남긴 것.

키요타카는 얼굴을 들고 가만히 고개를 갸웃거렸다.

"이 편지를 당신의 어머님이 받은 것은 당신의 할아버님이
전장에 가기 전입니까?"

"실은 직접 받은 게 아니라 옷장에 들어 있었답니다. 그것
을 발견한 건 지금으로부터 25년쯤 전이고요."

"25년인가요…… 지금까지 이 금고를 열려고는 하지 않으셨

습니까?"

"그야 물론 했다 하는데. 그치만 무리하게 열려고 하면 망
가진다고 써 있기도 해서 무모한 짓은 할 수 없었다더라고요.
그러던 중에 정신을 차리고 보니 방치하고 있었답니다. 이제
어무이도 나이를 많이 먹었으니 할배가 남겼다는 보물을 보
여드리고 싶다는 생각이 들어서."

키요타카는 "그렇군요."하고 맞장구를 쳤다.

엔쇼도 흥미가 살짝 생겼는지 흐음, 하고 사키치를 봤다.

"참고로 안에 든 보물은 뭐인교?"

"어무이도 모른다고."

그렇게 말하며 사키치는 고개를 가로저었다.

키요타카는 다시 장갑을 낀 손으로 금고를 만지면서 "참 튼
튼하네요."하고 쓴웃음을 지었다.

"그러면 이제부터 신중하게 해독해 금고를 여는 작업에 들
어가려고 하는데, 시간이 걸릴 것 같습니다. 금고와 편지와
암호문을 여기에 맡길 수 있으시겠습니까?"

키요타카가 그렇게 말하자 사키치는 굳은 표정을 보였다.

"아…… 아니요, 그건 안 됩니다. 암호문을 복사하는 건 상
관없고, 해독하면 가르쳐주는 걸로 해서 보수도 그때 드리는
거로 하면 어떨지?"

"알겠습니다. 그렇게 하시죠. 그러면 복사하겠습니다."

키요타카는 암호문을 복사하고 사키치에게 돌려줬다.

그는 허겁지겁 암호문을 파일에, 편지를 봉투에 넣고 금고를 보자기에 쌌다.

"그라믄 잘 부탁합니다."

그렇게 말하고 사무소를 나가려다 발걸음을 멈췄다.

"맞다, 또 하나 부탁하고 싶은 게 있는데."

그렇게 말한 사키치에게 키요타카는 "네, 말씀해주십시오." 하고 미소 지었다.

* * *

사키치의 모습이 사라진 사무소에서 키요타카와 엔쇼는 얼굴을 맞대고 있었다.

"……뭐고, 거짓말쟁이 아재데이."

"정말이네요."

"사실은 보물이 뭔지 알고 있다. 그것도 상당한 거겠제."

"그런 것 같네요. 그리고 망가지면 가치가 뚝 떨어지는 물건인 것은 틀림없겠죠. 무엇보다 애초부터 그랬지만요."

"애초부터 그래?"

"눈치 못 챘나요?"

키요타카가 작게 웃자 엔쇼는 "뭐고."하고 불쾌한 듯이 혀를 찼다.

"그보다 형씨, 암호문은 알겠어?"

코마츠가 몸을 내밀며 묻자 엔쇼는 상황을 얼버무리는 듯한 시선을 보냈다.

"맞다. 댁, 암호 해독은 특기 분야 아이가."

"그건 당신이겠죠."

"내는 상대에 대해 잘 모르면 해독 못 한다."

"아아, 빙의 타입이군요."

키요타카는 "과연."하고 고개를 끄덕이고 암호문을 복사한 종이로 시선을 떨어뜨렸다.

"이건 '엘가의 암호문'과 같은 것 같습니다."

"엘가라면 작곡가?"

"〈위풍당당 행진곡〉이던가?"

키요타카는 고개를 끄덕이고 스마트폰 화면을 확인한 다음 입가를 끌어올렸다.

"아아, 역시 그러네요. 이건 '엘가의 암호문' 그 자체예요. 엘가는 수수께끼 내기를 좋아했던 것 같습니다. 예를 들어 '관현악을 위한 오리지널 주제에 의한 변주곡'이라는 악곡의 악보에는 이니셜 세 글자나 인명, 이해할 수 없는 기호가 적혀 있어서 통칭 '수수께끼 변주곡'이라고 불린 정도라서요."

"수수께끼라……."

엔쇼는 쓴웃음을 지으며 어깨를 으쓱거렸다.

"그립네요."

키요타카는 후훗, 하고 웃고 이야기를 이어나갔다.

"이 암호문은 엘가가 드라 페니라는 여성에게 보낸 것입니다. 하지만 암호 해독가도 엘가 연구가도 아직 풀지 못한, 즉 미해결 암호문입니다."

키요타카가 그렇게 말하자 코마츠와 엔쇼는 "뭐?"하고 눈을 동그랗게 떴다.

"그라믄 그런 걸 알 리가 없다 아이가."

"사키치 씨의 할아버지도 왜 그런 걸……."

키요타카는 "그러게 말입니다."하고 살짝 유쾌한 듯이 미소 지었다.

"그래서 형씨는 풀 수 있겠어?"

"'엘가의 암호문' 해독은 무리겠지만 이 암호문은 만든 사람의 배경을 알면 풀 수 있을지도 모릅니다. 하지만 지금 상태로는 마음이 내키지 않네요."

키요타카는 휴우, 하고 숨을 내쉬었다.

"마음이 안 내켜?"

키요타카가 무슨 소리를 하는지 모르겠다며 코마츠는 고개를 갸웃거렸다.

"일단 이 건은 보류하시죠."

키요타카는 그렇게 말하고 시계로 눈길을 돌린 다음 아아,
하고 소리를 냈다.

"벌써 이런 시간이네요. 슬슬 나갈까요. '또 한 가지 의뢰'에
딱 좋은 타이밍이네요."

시계를 보니 밤 8시 반을 지나고 있었다.

코마츠와 엔쇼는 "그렇군." 하고 일어나 사무소를 나설 준비
를 했다.

2

밖으로 나오니 이미 해가 져 있었다.

기온의 거리에는 낮과 다름없이 남녀노소, 온갖 사람들이
오가고 있었다. 지역 사람을 비롯해 지방이나 해외에서 온 관
광객. 기온이라는 동네의 풍습인지 전통 옷 차림도 많아서 어
딘지 모르게 요염함이 느껴졌다.

코마츠, 키요타카, 엔쇼 세 사람은 밤의 기온을 산책하듯
이 어슬렁어슬렁 걷고 있었다. 키요타카는 재킷에 청바지라는
평소의 간편한 옷차림이었고, 엔쇼는 T셔츠에 청바지, 그리고
야구 모자를 쓰고 있었다.

두 사람은 스타일은 전혀 다르지만 눈길을 끄는 미남이다.
지나치는 여성들이 시선을 고정하며 고개를 돌렸다.

잠시 걷자 대학생으로 추정되는 여성 세 사람이 들뜬 발걸음으로 다가왔다.

"안녕, 오빠들."

"시간 있어요?"

"괜찮으면 같이 노래방 안 갈래요?"

세 사람의 스타일은 심플한 원피스나 청바지 등 지나치게 화려하지 않고 귀여웠다. 지극히 평범한 대학생으로 보였다.

코마츠는 확인하듯이 키요타카에게 시선을 힐끗 보냈다. 키요타카는 어렴풋이 고개를 끄덕인 후 입가를 빙긋이 끌어올렸다.

"그거 좋지. 남자 셋이서 시간을 주체 못 하고 있었는데."

"이렇게 귀여운 아가 노래방에 가자고 하니 기쁘데이."

바로 엔쇼가 이어 말했다.

코마츠는 "이 녀석들 방금 전과 전혀 다른 사람 같군."하고 눈을 번쩍 뜨고 키요타카와 엔쇼를 쳐다봤다.

그러자 그녀들은 기쁜 듯이 말했다.

"와아, 기뻐."

"자, 어서 가자."

"아, 물론 아저씨도."

그런 그녀들에게 코마츠는 "고마워."하고 가볍게 인사를 했다.

"저기, 꽃미남은 노래 잘하나?"

여자 중 한 사람이 키요타카에게 달라붙듯이 접근했다.

"아니, 꽃미남 아닌데. 그리고 노래도 잘 못 하니까 웃지 말고."

"에이, 그런 소리 하면서 엄청 잘할 거 같은데?"

"그쪽의 덩치 큰 오빠도 잘할 것 같다."

"그럭저럭. 뭐, 거기 있는 꽃미남보다는 낫겠제."

"또 그런 소리고."

"어머, 사이 나쁘나?"

"남자 둘이서 경쟁하고 있나?"

여성들과 마주 웃는 키요타카와 엔쇼의 모습을 보면서 "저 것들 사이가 너무 좋잖아."하고 코마츠가 얼굴을 굳히고 있는데 다른 한 여자가 수줍어하며 코마츠에게 다가왔다.

"난 젊은 애보다 연상인 남자가 좋더라. 같이 있어도 되나?"

촉촉한 눈으로 그녀가 올려다보자 코마츠는 침을 꿀꺽 삼키고 "으, 으응, 그래."하고 어색하게 고개를 끄덕였다. 그녀는 "아이 좋아라."하고 볼을 붉히며 팔짱을 꼈다.

그대로 세 사람은 여성들과 함께 기온에 있는 어느 노래방에 들어갔다. 그리고 한 시간쯤 지난 뒤.

"2차 안 갈래?"

"추천할만한 가게가 있는데."

"더 마시자."

그렇게 말하면서 그녀들은 기쁜 듯이 남자들의 손을 잡아

끌었다.

코마츠, 키요타카, 엔쇼는 가만히 시선을 맞추고 바로 웃음을 지어 보였다.

"좋다, 더 마시자."

"노래보다 느긋하게 술 마시는 게 좋다."

"나도."

그렇게 말하고 일어나 그녀들이 안내하는 가게로 향했다.

"다들 노래 잘하는데."

"참말로, 맥이 빠졌다."

"하지만 코마츠 씨가 제일 잘한 건 의외였다."

꺅꺅 떠들면서 그녀들이 '추천하는 가게'의 문을 열었다.

밖에서 볼 때는 가벼운 바 분위기였지만 가게 안으로 들어가니 이른바 클럽 같은 구조로 꾸며져 있었다.

"실은 우리 여기서 일하고 있다."

"옷 갈아입고 올 테니까 마시고 있어."

"나중에 얘기 많이 하자."

세 여성은 윙크를 하거나 손키스를 날리며 안쪽으로 들어갔다.

"아, 이봐. 너희 가게라니, 여기 비싸지 않아?"

코마츠가 무심코 말을 꺼내자 그녀들은 "아니야."하고 고개를 저었다.

"괜찮다, 한 사람당 5천 엔 정도야."

"그럼 바로 올게."

"이따 봐."

그렇게 말하고 그녀들은 가게 안쪽으로 사라져갔다.

그녀들의 모습이 보이지 않게 되자 코마츠는 후, 하고 숨을 내쉬고 등받이에 몸을 기댔다.

"……역시 낚시였나. 어쩌면 평범한 애들일 거라고 생각했는데."

어떻게 해도 아쉬움을 떨쳐버릴 수 없어서 코마츠는 허탈해하며 숨을 토했다.

그 옆에서 키요타카는 어이없다는 듯이 그를 힐끗 쳐다봤다.

"무슨 말씀이십니까, 처음부터 보기에도 낚시였잖습니까. 남성에게 접근하는 방식과 거리를 좁히는 방식에서 장사 냄새가 풀풀 풍겼는데요."

"참말이다. 애초에 우리를 보는 눈이 돈을 보는 듯한 눈이었데이."

"돈을?"

깜짝 놀라는 코마츠를 보고 키요타카가 피식 웃었다.

"아아, 좋은 말을 했네요. 그야말로 '돈을 보는 듯한 눈'이었어요."

"그제?"

"네. 숨기고는 있지만 궁지에 몰린 필사적인 느낌도 느껴졌으니 할당량이 꽤 클지도 모르겠네요."

"하지만 말도 편하게 하며 여자를 다루는 댁의 모습도 신선했데이. 그렇게 속여왔구먼."

"아니요, 당신 정도는 아니에요."

"말은 잘한다. 댁 같은 놈한테 걸린 아오이 씨도 가엽데이."

"무슨 소리입니까."

키요타카는 입가에 웃음을 띠면서도 갑자기 날카로운 눈빛을 보였다.

"여전히 여자친구 얘기가 나오면 분위기가 확 바뀐다 아이가."

엔쇼는 "무섭다 무서워."하고 어깨를 으쓱거렸다.

"이봐, 여기서 싸움질 하지 말자고."

코마츠는 휴우, 하고 한숨을 내쉬었다.

이제 두 사람의 승강이에도 꽤 익숙해진…… 것 같다.

잠시 있자 아까 들어갔던 여성들이 옷을 갈아입고 돌아왔다. 각기 핑크, 흰색, 은색으로 색은 다르지만 등이 크게 파인 칵테일드레스였다.

"기다렸지?"

"심심했어?"

"저기, 뭐 마실래?"

찰싹 달라붙어 올려다보면서 물었다. 다 알고 있어도 가슴이 싱숭생숭해서 코마츠는 눈길을 피했다.

"그럼 맥주로."

"맥주? 와인을 추천할게. 특히 레드."

"그러면 레드를."

와인이 놓이자 여섯이서 다시 건배했다.

약 한 시간 정도 마시자 코마츠는 손목시계로 눈길을 보냈다.

"그럼 우리는 슬슬 가볼게."

"네, 그러죠."

"그래야지."

돌아갈 준비를 시작하자 그녀들은 "진짜? 섭섭해."하고 목소리를 높이며 아쉬워하면서도 남자 직원에게 계산하라는 눈짓을 했다.

이윽고 남자 직원이 들고 온 청구서를 보고 알고는 있었지만 코마츠는 눈을 부릅떴다.

"3, 30만? 0 하나가 많잖아."

옆에서 엔쇼가 "그림을 그린 듯하네."하고 웃었다.

한편 키요타카는 조금도 놀란 기색 없이 말했다.

"'바가지 가게'라고 들어서 어느 정도 액수가 되는 청구서가 나올 거라고 생각했습니다만……."

그는 "이 정도로군요."하고 조용히 중얼거렸다.

"참말로 이래서 도련님은 안 된다."

지긋지긋하다는 듯이 엔쇼가 말했다.

코마츠는 "미안하지만 이번만큼은 엔쇼에게 동감이야."하고 차갑게 키요타카를 쳐다봤다.

"형씨한테 이 금액은 바가지도 아니야?"

"아니요, 그럴 리가요. 그러면 시작해볼까요?"

키요타카는 마음을 다잡은 듯이 코마츠와 엔쇼를 봤다.

코마츠는 고개를 끄덕이며 아까 스미카와 사키치에게 받은 또 한 가지 의뢰를 떠올렸다.

사키치에게는 동생처럼 생각하는 사촌, 타도코로 히로키라는 남자가 있는데, 그가 최근 기온에서 음식점을 시작했다. 처음에 식당을 열었지만 잘되지 않아서 바(bar)로 전향했다. 하지만 그것도 최근 경영이 잘되지 않는지 질 나쁜 바가지 클럽으로 변질되었다는 소문을 들었다고 한다.

'캐물어도 시치미를 떼기만 하고. 그 증거를 잡아주지 않겠습니까? 친척이니 경찰이 출동하는 사태가 일어나기 전에 뜨거운 맛을 보여주고 싶습니다. 마음껏 해도 됩니다.'

그런 의뢰 내용이었다.

조사해보니 그 바가지 클럽의 수법은 우선 가게 여자, 즉 종업원에게 대학생 같은 차림을 하게 하고 헌팅을 한 다음 노래방 등에서 경계심을 풀게 만든 다음, '더 마시자'며 가게로 불러들이는 것이라고 한다.

그래서 코마츠, 엔쇼, 키요타카는 스스로 봉이 되기 위해서 기온 거리를 어슬렁대다 멋지게 잡혀 지금에 이르렀다.

키요타카는 벌떡 일어나 남자 직원을 응시했다.

"……죄송하지만 이런 금액은 낼 수 없습니다."

그 말에 가게가 아주 조용해졌다. 남자 직원은 이런 주장에 익숙한지 바로 뒤에서 오너를 불러왔다. 이 사람이 타도코로 히로키. 의뢰인의 사촌이다. 본 바로는 40대 초반에 질 좋은 슈트를 걸치고 있었다. 얼핏 보기에는 사업가 같았다.

그는 입가를 끌어올린 채 미안하다는 듯이 안경 안쪽 눈을 가늘게 떴다.

"그렇게 말씀하셔도 저희 가게에서 책정한 가격이라서요."

"하지만 그녀들은 한 사람당 5천 엔 정도라고 했습니다."

"그건 잘못 들으신 거고, 한 사람당 5천 엔부터가 아닐까요?"

"아니요, 확실히 한 사람당 5천 엔 정도라고 했습니다."

"그러면 증거는 있나요?"

"있습니다."

히죽 웃으며 묻는 타도코로 히로키에게 키요타카는 주머니에서 스마트폰을 꺼내 내밀었다.

—아, 이봐. 너희 가게라니, 여기 비싸지 않아?

—괜찮다, 한 사람당 5천 엔 정도야.

스마트폰에서 코마츠와 종업원의 대화가 흘러나왔다. 타도코로 히로키는 노골적으로 얼굴을 찌푸리며 안경의 위치를 고쳤다.

"……그런 걸 녹음한 겁니까?"

"신중한 성격이라서 죄송합니다."

"그 5천 엔은 기본요금입니다."

"설명이 부족하지 않습니까?"

"죄송합니다. 종업원에게 앞으로 이런 오해를 일으키지 않도록 일러두겠습니다."

그래도 여유 있는 웃음을 보이는 타도코로 히로키를 앞에 두고 키요타카는 전표로 눈길을 떨어뜨렸다.

"그래서 비용이 30만……. 저희는 와인 두 잔씩밖에 마시지 않았습니다만?"

"종업원들이 자신 있게 추천한 건 고가 와인이라서요."

"상표는 없습니까?"

"로마네 콩티입니다."

"로마네 콩티? 그러면 정말 비싸겠네요."

눈을 크게 뜬 키요타카에게 타도코로 히로키는 기쁜 듯이 고개를 끄덕였다.

"그렇습니다."

"병을 보여주시겠습니까?"

키요타카가 강한 어조로 말하자 타도코로 히로키는 남자 점원에게 눈짓을 했다. 점원은 고개를 끄덕이고 뒤에서 빈 와인 병을 들고 왔다.

검은 병에 붙은 흰 라벨에는 'ROMANÉE-CONTI'라는 글자가 보였다.

"이것이 손님들께서 드신 로마네 콩티입니다."

의기양양한 얼굴로 말하는 타도코로 히로키를 앞에 두고 키요타카는 본의가 아니라는 기색으로 풋, 하고 웃었다.

"뭐가 이상합니까?"

"실례했습니다. 아주 귀한 것을 보여주셔서 기뻐서 그랬습니다. 하지만 그렇다면 이 청구 요금은 너무 싸지 않습니까?"

30만 엔이 적힌 청구서를 들고 작게 웃는 키요타카의 말에 타도코로 히로키는 "네?"하고 미간을 찌푸렸다.

"로마네 콩티는 부르고뉴의 본 로마네 마을에 있는, 피노 누아 종 포도를 심은 특등급 포도밭의 이름이자 그 밭의 포도로 만든 레드 와인의 명칭입니다. 풍부한 일조량, 땅속의 미네랄 등을 흡수하는 이상적인 토양을 가진 본 로마네 마을은 '신에게 사랑받는 마을'이라는 별명을 가질 정도입니다. 그런 최상급 조건에서 만들어진 로마네 콩티의 생산량은 매년 고작 6천 병이라고 합니다. 가격은 오프 빈티지라 해도 한 병에 백만 엔 아래로는 내려가지 않습니다. 좋은 해에 생산된 와인이라면 2, 3백만 엔의 가격이 매겨지는 경우도 허다합니다. 만약 정말로 로마네 콩티라면 이 가격은 말도 안 되겠죠."

"그, 그렇습니다. 저희는 오히려 양심적입니다."

뻔뻔하게 웃음을 보이는 타도코로 히로키에게 키요타카는 코웃음을 쳤다.

"죄송하지만 그 병을 잠시 빌려도 되겠습니까?"

키요타카는 흰 장갑을 끼면서 물었다.

타도코로 히로키는 당황해하면서도 키요타카에게 병을 건 넸다.

"이것 참, 이런 곳에서 이런 것을 만날 줄은 몰랐습니다. 엔쇼, 고미술과는 다르지만 이것도 공부하죠."

키요타카가 그렇게 말하자 엔쇼와 코마츠는 "응?"하고 눈을 동그랗게 떴다.

"이런 고가의 와인도 위작이 만들어집니다. 지금 진품이 없어서 비교할 수 없지만, 진위 체크 포인트는 정통적으로 우선 병의 색. 이것도 거무스름하지만, 90년대 이후에 생산된 병은 거의 새까만 색에 가까운 색입니다. 외부 빛에 품질이 변하지 않도록 하기 위해서죠. 이렇게 어디에나 있는 거무스름한 색이 아닙니다."

그렇게 키요타카가 말하자 타도코로의 안색이 변했고, 코마츠와 엔쇼는 호오, 하고 맞장구를 쳤다.

"또한 진품 대부분은 'ROMANÉE-CONTI'라는 로고 아래 녹색 글씨가 있습니다. 이 라벨처럼 녹색 글씨가 없는 것은 로마네 콩티의 기준에 벗어날 가능성이 높습니다. 이어서 위에 붙어 있는 초승달형 라벨을 보세요."

위에 붙은 초승달형 라벨에는 'MONOPOLE 2015'라고 적혀 있었다.

"연대를 적은 '모노폴 라벨'이라는 건데, 진품은 여백이 깨끗하고 균일합니다. 또한 고미술의 다완도 그렇지만, 바닥이 말을 하는 법이라서……."

그렇게 말하며 키요타카는 병 바닥을 엔쇼에게 보였다.

그것은 흔히 보는 와인 병의 바닥이라 특별한 특징은 없었다.

"빈티지인 것은 별개지만, 근래 생산된 로마네 콩티에는 바닥에 'DRC'라는 각인이 있습니다."

"각인?"

"바닥에 글자가 도드라지게 가공되어 있답니다. 가짜에는 그게 없습니다."

"그렇구먼."

엔쇼는 진심으로 감탄한 듯이 맞장구를 쳤다.

"저희 집에 진품이 있으니 다음에 보여드리죠."

키요타카의 그 한마디에 엔쇼는 순식간에 차가운 눈빛을 보였다.

"참말로 도련님이데이."

"할아버지의 보물입니다. 저는 못 마셔요."

"그치만 마신 적은 있제?"

"조금은 있습니다만…… 그것보다도."

키요타카는 엔쇼를 피해 타도코로 히로키 쪽으로 다시 고개를 돌렸다.

"잠깐 다른 곳으로 샜지만 이야기는 듣고 계셨겠죠? 이것은 가짜이니 이 금액은 낼 수 없겠습니다."

"……그건 저도 충격입니다. 진품인 줄 알고 매입해서요. 그러니 그 금액은 저희 가게의 가격이니 지불해주시겠습니까?"

타도코로 히로키는 굳은 표정을 보이면서도 웃음을 지었다.

"그런 구차한 변명까지 하다니, 아마 당신은 고가의 와인이라면 유명한 로마네 콩티 정도밖에 떠오르지 않았겠죠? 그래서 이런 어중간한 가짜까지 준비하고…… 이것 참, 마치 무지가 옷을 입고 있는 듯하네요. 그런 분을 오너라고 보고 있는 것만으로도 부끄럽네요."

그 순간 "뭐라고, 이 자식아!"하고 타도코로 히로키는 키요타카의 멱살을 잡아 뺨을 후려쳤다. 키요타카는 세차게 바닥에 쓰러졌다.

"입만 살았군!"

타도코로 히로키는 핫, 하고 웃었지만 옆에서 들려온 카메라의 촬영 소리에 정신을 차리며 고개를 돌렸다. 코마츠가 이 상황을 촬영하고 있었던 것이다.

키요타카는 뺨에 손을 대고 "부추기는 것도 꽤나 힘드네요."하고 작은 목소리로 중얼거리면서 천천히 몸을 일으켰다.

"이로써 바가지를 씌운 사실에 추가로 폭행 사건이 성립됐습니다. 경찰은 '바가지'에 관해서는 '민사 불개입' 입장을 보이지만 폭행 사건이 되면 이야기는 다릅니다."

타도코로 히로키는 "아니."하고 새파랗게 질려 우두커니 서 있었다.

"하지만 저희도 경찰은 부르고 싶지 않습니다."

"……돈이 목적이야?"

"아니요, 이 거리를 사랑하는 한 사람으로서 이런 방식을 그만두셨으면 합니다. 만약 앞으로도 계속하면 그때는 용서할 생각이 없습니다."

키요타카는 그렇게 말하고 등을 돌렸다. 이번 의뢰는 '넌더리가 나게 만드는 것'이었다.

"뭐야 그게……."

타도코로 히로키는 멍하니 중얼거리다가 뭔가 깨달은 듯이 눈을 크게 떴다.

"그래, 사키치한테 부탁받은 건가? 그렇지? 또 그 자식이 방해를!"

타도코로 히로키는 "젠장!"하고 이번에야말로 진심으로 화가 난 듯이 근처에 있던 의자를 키요타카의 등을 향해 치켜들었다.

키요타카는 즉시 대처하려고 몸을 돌렸다. 하지만 그때 엔쇼가 타도코로 히로키의 발을 걸어서 그는 의자를 든 채 바닥에 쓰러졌다.

"……감사합니다. 설마 당신에게 도움을 받을 줄은 몰랐습니다."

키요타카는 의외라는 듯이 엔쇼를 봤다.

"댁은 참말로 마음에 안 들지만 아까 알았다. 댁이 다른 누군가한테 얻어맞는 건 더 마음에 안 든다. 때릴 거라면 내가 때리고 싶다."

얼굴을 돌리고 엔쇼가 말하자 키요타카는 작게 웃었다.

"정말 꼬였네요."

"댁한테 그런 소리 듣고 싶지 않다."

가게 손님들은 입을 다문 채 이쪽을 주목하고 있었다.

키요타카는 가슴에 손을 얹고 인사했다.

"큰 소란을 피웠습니다. 저희는 이만 실례하겠습니다."

"이거 바가지야?"

"속을 뻔했어."

그러자 가게에 있던 손님들이 하나둘 급히 일어나 돌아갈

채비를 시작했다.

"어머, 기다려."

"괜찮다니까."

종업원들이 황급히 붙잡았지만 손님들은 그 손을 뿌리치고 도망치려면 지금밖에 없다면서 눈사태처럼 가게를 빠져나갔다.

키요타카, 코마츠, 엔쇼는 얼굴을 마주 보고 "이런이런."하고 어깨를 으쓱거리고 가게를 나섰다.

* * *

"그건 그렇고 이렇게 작전대로 될 줄이야."

밖으로 나가자마자 코마츠는 진지하게 중얼거렸다.

"그렇다 해도 가게 사람한테 '일부러 얻어맞다'니, 못 할 줄 알았는데 역시 음흉하데이. 그 나쁜 성격이 도움이 될 때도 있구면."

엔쇼는 키요타카의 어깨를 잡고 씩 웃었다.

"당신도 단순히 성격이 나쁜 게 아니라 조금이라도 도움이 되면 좋겠네요."

"뭐라꼬?"

두 사람이 마주 노려보자 코마츠는 "그만 좀 해."하고 사이에 끼어들었다.

"그런데 상대를 멋지게 화나게 만들었어."

"네, 그는 멋으로 안경을 썼잖아요?"

"그랬어? 근데 그게 무슨 상관이야?"

"멋으로 쓴 안경과 그 디자인도 그렇지만, 슈트와 구두, 그의 말투나 행동거지에서 '머리 좋은 사람'으로 보이고 싶다는 마음이 강하게 전해져왔습니다. 그래서 그것을 모욕하면 화를 낼 거라고 생각했습니다. ……하지만 설령 악인이라도 남의 콤플렉스를 일부러 건드리는 건 솔직히 기분 좋은 일이 아니네요."

키요타카는 마치 자신을 부끄러워하듯 눈을 가늘게 뜨고 숨을 내쉬었다.

엔쇼는 아무 말도 하지 않았고, 코마츠는 씁쓸한 기분으로 키요타카의 붉어진 뺨을 봤다.

"……그건 그렇고 맞은 데는 괜찮아? 꽤 세게 맞은 것 같은데."

"괜찮습니다. 맞는 방향으로 스스로 얼굴을 돌렸기 때문에 보기보다 충격이 적어요. 볼이 좀 빨개졌을지도 모르겠습니다만……."

키요타카가 뺨에 손을 대고 그렇게 말하자 엔쇼는 뭔가 생각 난 듯이 "아아!"하고 눈을 크게 떴다.

"그래서 그때 기술이 통하지 않은 느낌이었구면."

"대체 무슨 소리입니까."

"내가 쿠라에 숨어들어갔을 때 말이다!"

"아아, 우리 가게에 좀도둑으로 왔을 때인가요."

"좀도둑?"

코마츠가 눈을 동그랗게 떴다.

"뭐고, 엄청 열 받는데이. 나만 다친 거 아이가."

"말은 잘하는군요."

다시 옥신각신하는 두 사람에게 코마츠는 "그것보다."하고 화제를 바꾸듯 밝은 말투로 말했다.

"그 가게 안쪽에서 무서운 사람이 안 나와서 다행이었어. 그 왜, 자주 있잖아. 바가지 씌우는 가게에 들어가서 투덜대면 경호원이 나오는 전개."

키요타카와 엔쇼는 발걸음을 멈추고 고개를 돌렸다.

"아니…… 나온 것 같네요."

"참말이데이."

세 사람이 서 있던 곳은 좁은 골목을 조금 나아간 곳이었다.

코마츠가 "어?"하고 돌아보니 그곳에는 슈트를 입은 남자 네 명이 짤막한 목도를 들고 히죽히죽 일그러진 웃음을 띠고 있었다. 경호원이라기보다 네 명 모두 호스트 같은 분위기였다.

"네 명인가요."

"목도를 들고 있을 뿐 비실비실하네. 편하게 이기겠데이."

"겉보기로 판단하면 안 되지만 이번만큼은 동감입니다. 하지만 반드시 저쪽에서 먼저 시비를 걸게 만들어야 합니다."

"정당방위란 거구먼."

"그런 겁니다. 코마츠 씨는 기호회의 집회소로 가서 연약한 청년들이 공격받고 있다고 알리세요."

기온에 관심을 가지고 기온을 지키고 있는 기호회의 사람들은 금요일부터 주말에 걸쳐 집회소에 모인다고 했다. 사실은 평상시 멤버가 모여 술을 마시고 있을 뿐인 듯하지만……

"연약한 청년은 무슨. 근데 진짜 괜찮겠어? 저쪽은 네 명이나 된다고."

코마츠가 주뼛대며 시선을 이리저리 움직였다.

"아재는 있어봐야 거치적거린다."

엔쇼는 목의 관절을 올리면서 아무렇지 않게 말했다.

코마츠가 눈을 부릅뜨자 키요타카는 쓴웃음을 지었다.

"뭐, 확실히 그러네요."

"마침 잘됐데이. 요즘 스트레스가 쌓였거든."

"부디 부드럽게 합시다."

그렇게 이야기하는 키요타카와 엔쇼에게 목도를 든 남자들이 달려들었다.

코마츠는 "기다리고 있어, 바로 도울 사람을 불러올 테니까."라고 말하고 두 사람에게 등을 돌리고 달려 나갔다.

"미안하지만 돌아왔을 때 이 애송이들은 너덜너덜해져 있을 거다!"

남자들의 웃음소리가 등 뒤로 들려서 코마츠의 가슴은 마구 뛰었다.

키요타카도 엔쇼도 몸싸움에 강할 것이다. 하지만 상대는 네 명, 게다가 무기도 들고 있다. 코마츠는 기도하는 마음으로 잇달아 늘어선 마치야 중 기호회의 집회소로 뛰어들었다.

"시, 실례합니다, 도와주세요! 연약한 청년들이 폭력배에게 공격받고 있어요! 엉망이 될 것 같아요."

초조한 코마츠는 집회소에 들어가자마자 키요타카가 말한 대로 전했다. 집회소에서 술을 마시고 있던 남자들은 안색을 바꾸며 "뭐라꼬?"하고 바로 일어섰다.

"이, 이쪽이에요."

그러나 달려갔을 때는 폭력배들은커녕 키요타카와 엔쇼의 모습도 없었다.

"……어, 다들 어디 갔지?"

코마츠는 멍하니 서 있었다.

"코마츠 씨, 어디고?"

그렇게 말하면서 남자들은 코마츠 쪽으로 몸을 돌렸다.

"여기였는데요……."

'혹시 어딘가로 끌려간 건가?'

코마츠가 허둥대고 있는데 이윽고 길 앞쪽에서 키요타카와 엔쇼가 모습을 드러냈다.

"형씨, 엔쇼, 무사해서 다행이야. 폭력배들은 어디 있어?"

"상황이 불리한 걸 알자 바로 도망쳤습니다."

"그래서 바로 쫓아갔지만 놓쳤데이."

"진짜 거짓말처럼 모습을 감췄어요."

"도망치는 데는 선수인 놈들만 있구먼."

키요타카와 엔쇼는 "이것 참."하고 어깨를 으쓱거렸다.

"아니, 그건 그렇고 다행이야."

코마츠는 안심하며 가슴에 손을 얹고 키요타카, 엔쇼와 함께 기호회 멤버들에게 감사 인사를 한 후 그날 밤은 해산하기로 했다.

3

⋯⋯다음 날.

사무소를 찾은 의뢰인, 스미카와 사키치는 코마츠에게 보고를 받고 유감스럽다는 듯이 숨을 토했다.

"그렇군요, 역시 히로키는 바가지를⋯⋯."

테이블 위에는 바가지를 씌운 증거들이 놓여 있었다. 고액 청구서, 가짜 로마네 콩티 병을 찍은 사진, 그리고 그의 목소리.

코마츠는 고개를 끄덕이고 키요타카와 엔쇼에게 시선을 보냈다.

"그에게 따끔한 맛을 보여줬으니 앞으로는 얌전해질지도 모릅니다."

"고맙습니다⋯⋯."

사키치는 힘없이 말하고 히로키가 키요타카를 때리거나 의자를 치켜드는 사진으로 시선을 떨어뜨리고 애달픈 듯 눈을 가늘게 떴다.

"저기, 사키치 씨."

키요타카가 조심스레 입을 열자 사키치는 "네?"하고 얼굴을 들었다.

"당신은 사촌 동생인 히로키 씨를 친동생처럼 생각한다고 말씀하셨지만 히로키 씨는 그렇지 않은 느낌이었습니다. 혹시 두 분 사이에는 뭔가 문제가 있으신지요?"

키요타카가 조심스럽게 질문하자 사키치는 머리를 벅벅 긁었다.

"이건 기온 사람들이 모두 알고 있는 일이니 이제 와서 숨길 필요도 없지만, 저와 히로키는 단순한 사촌 형제가 아닙니다. 히로키의 할매는 할배의 소실이었습니다."

그 말에 키요타카, 코마츠, 엔쇼는 숨을 삼켰다.

"그뿐 아니라 이복 자매인 어무이끼리도 이런저런 일이 있었지요. 저희는 상관없다고 생각했지만 제가 대대로 해오던 요정을 물려받은 일 때문에 거리가 생겨서…… 히로키가 기온에서 시작한 가게도 원래는 식당이었고, 그게 바가 되었다 지금의 가게가 되었습니다. 처음에는 저희 요정에 지지 않겠다는 기개가 있었을지도 모르겠네요."

키요타카는 "그랬군요."하고 작게 중얼거렸다.

"이번 일로 조금은 정신 차려주면 좋겠는데……."

사키치는 혼잣말처럼 말하고 깊이 숨을 토했다.

즉 본처의 손자(스미카와 사키치)와 소실의 손자(타도코로 히로키)인 사촌 형제 사이.

교토는 늘 친분 범위가 좁다고 생각했는데, 이 좁은 기온에 그렇게 복잡한 관계의 사촌 형제가 장사를 하고 있다니.

코마츠는 "무슨 업보야."하고 안타까운 마음으로 커피를 입으로 가져갔다.

* * *

이것도 인연인가?

코마츠 탐정 사무소로 새로운 의뢰가 들어온 것은 그로부터 얼마 지나지 않아서였다.

"제 아내가 요즘 수상해요. 어쩌면 바람을 피우고 있을지도 몰라요."

이른바 불륜 뒷조사 일이었다.

의뢰인은 키요타카와 엔쇼가 출근하기 전에 찾아와 "부탁합니다."하고 머리를 숙이고 사무소를 뒤로했다.

탐정 사무소로서는 정통 의뢰라고 할 수 있으리라.

코마츠에게 불만은 무엇 하나 없었다.

하지만······.

"불륜 뒷조사 미행인가요? 맡겨주세요."

키요타카는 이야기를 듣자마자 웃으며 그렇게 말했다.

"············."

솔선해서 일을 하려 하는 그 마음은 고맙다. 하지만 불륜 뒷조사 같은 정통 의뢰는 키요타카에게는 어울리지 않았다. 이런 모델 같은 남자가 미행하면 눈에 띄어서 오히려 역효과다.

차라리 엔쇼가 더 나을 것 같다. 그도 잘생긴 건 틀림없지만 키요타카와 같은 화려함은 없으니 말이다.

코마츠는 소파에 털썩 앉아 미술 관련 책을 펼치고 있는 엔쇼에게 시선을 보냈다. 하지만 그는 이쪽을 보려는 기색조차 없었다. 왠지 엔쇼에게는 부탁하기 어려울 것 같다······.

코마츠가 책상에서 말없이 있자 키요타카는 고개를 갸웃거렸다.

"코마츠 씨, 왜 그러세요?"

"아, 아냐. 불륜 뒷조사는 나 혼자서 할 수 있으니까 괜찮아."

코마츠는 그렇게 말하고 키요타카의 팔을 잡아끌어 귓속말을 했다.

"그보다는 엔쇼한테 골동품 강의라도 제대로 해줘. 형씨, 감정사 스승이잖아."

와인 병의 진위 강의에서 엔쇼는 기뻐 보였다. 키요타카가 탐정 일을 열심히 해주는 것은 고맙지만 엔쇼의 스승으로서도 태만해서는 안 될 것이다.

그러자 키요타카는 면목 없다는 듯이 눈썹을 내렸다.

"배려해주셔서 감사합니다."

배려라기보다 사무소의 분위기를 악화시키고 싶지 않을 뿐이다. 엔쇼가 또 날카로워지면 견딜 수 없으리라.

"그런데 그 불륜 뒷조사는 구체적으로 어떤 내용인가요?"

키요타카의 질문을 받고 코마츠는 어디 보자, 하고 스마트폰을 확인했다.

"우선 대상인 부인은 40대 후반. 이게 사진이야."

그렇게 말하며 키요타카에게 화면을 보여줬다. 엔쇼도 사진을 힐끗 확인했다. 전통 옷을 입은 기품 있는 여성의 사진이었다.

"의뢰인은 집에서 일하는 세무사로 상당한 자산가야. 아내는 전업주부. 외동딸이 작년에 교토 시내에 있는 대학으로 진학해 가족이 다 도쿄에서 이사 왔다고 해. 현재는 시내의 노른자 땅에 있는 고급 맨션에 살고 있어. 최근 부인은 기온에 있는 화도 교실에 다니기 시작했대."

키요타카는 사진을 확인하고 코마츠에게 스마트폰을 돌려줬다.

"화도 교실은 비교적 주류 유파로, 이름은 '하나츠무기'. 수업은 매주 수요일 오후 2시부터 약 세 시간 정도. 남편 왈 '최근 모습이 수상하다. 집에 돌아오면 가끔 술 냄새가 날 때도 있다. 아무래도 남자 냄새가 난다. 화도 교실에 가는 척하고 남자와 만나거나 아니면 돌아오는 길에 남자와 만나는지도 모른다. 화도 교실에 진짜 다니고 있는지도 의심스럽다'라고 해."

키요타카는 흐음, 하고 맞장구를 쳤다.

"남편분은 화도 교실에 확인을 해보셨나요?"

"나도 물어봤는데, 그런 꼴사나운 짓은 못 하겠대."

키요타카는 "그렇군요."하고 미소 지었다.

"다만 교실 수업료는 확실히 인출되고 있는 모양이야. 하지만 그건 등록한 이상 자동 이체되는 거겠지."

"……그러네요. 참고로 부인의 씀씀이가 헤퍼진 경향은 있나요?"

"특별히 없는 것 같아. 그보다 원래 씀씀이는 헤픈 모양이야. 보석을 좋아한대."

코마츠가 그렇게 말하자 조금 떨어진 곳에서 이야기를 듣고 있던 엔쇼가 노골적으로 불쾌한 얼굴을 보였다. 녀석은 아무래도 그런 종류의 여성에게 혐오감을 품고 있는 듯했다.

"일단 오늘은 수업이 있는 수요일. 바로 화도 교실 앞에서 잠복해보려고. 부인은 오늘도 수업에 간다고 말했으니 수업에 안 오면 의심이 확신으로 바뀌겠지."

그런 코마츠의 말에 키요타카는 "그러네요."하고 팔짱을 꼈다.

"그러면 우리도 나갈까요."

코마츠는 "응?"하고 눈을 깜빡였다.

"아니, 그렇게 줄줄이 잠복 안 해도 혼자서도 괜찮아."

"아니요, 모처럼 코마츠 씨가 말씀해주셨잖아요. 산넨자카에 미술관이 있으니 거기에 가려고 합니다."

그렇게 말한 키요타카에게 코마츠는 "아아, 그런 거였어?"하고 고개를 끄덕였고, 엔쇼는 못 말리겠다는 기색을 보였다.

얼핏 보기에 내키지 않는 기색이기는 하지만 엔쇼가 내심 기대하고 있다는 것이 손에 잡힐 듯 전해져 와서 코마츠는 누그러드는 입가를 손으로 눌러 숨겼다.

* * *

그리고 세 사람은 화도 교실이 시작되기 한 시간 전에 사무소를 나왔다.

밖에는 기분 좋은 바람이 불고 있었다. 코마츠는 "이거 잠복하기 좋은 날씨군."하고 기지개를 켰다.

여름방학이 끝나고 단풍이 들기 전의 평일이어서 진절머리가 날 정도로 많은 인파는 없었다. 더위도 꽤나 누그러들었다. 사무소에서 화도 교실까지는 걸어서 몇 분 거리였다.

"어라, 코마츠 씨."

화도 교실이 보이는 곳까지 왔을 때 키요타카가 어깨에 손을 얹고 가만히 귓속말을 했다.

"저기 있는 건 의뢰인의 부인 아닌가요?"

"뭐?"

전통 옷 차림의 여성이 마치야 앞에서 양산을 접고 있었다.

코마츠는 눈을 동그랗게 뜨면서 황급히 디지털카메라를 꺼내 들었다.

"와, 진짜다. 부인이잖아. 꽤 빨리 왔군."

풍경을 찍는 척하며 부인의 모습을 사진에 담았다. 무사히 찍힌 것을 확인하고 코마츠는 '살았다'는 기색으로 가슴에 손을 얹었다.

"그럼 나는 부인이 나올 때까지 잠복하고 있을게."

그렇게 말하고 코마츠는 화도 교실 입구를 확인할 수 있는 장소로 향했다.

"코마츠 씨, 일단 거기를 출입하는 사람도 체크해주세요."

"나, 나도 알아."

키요타카가 그렇게 말하자 코마츠는 굳은 표정을 지으면서 말했다.

"저거, 분명 몰랐던 거다."

엔쇼가 나직하게 중얼거리자 키요타카는 "그럴지도 모르겠네요."하고 작게 웃었다

* * *

코마츠와 헤어진 키요타카와 엔쇼는 그대로 히가시오지 길을 지나 야사카의 탑을 올려다보며 비탈길을 올라갔다.

"이보래이, 댁은 지금도 견식을 넓히기 위해 수행 중이제?"

걸으면서 마치 혼잣말 같은 말투로 물은 엔쇼에게 키요타카는 "그래요."하고 맞장구를 쳤다.

"왜 저 얼간이의 탐정 사무소에 머물고 있노? 가게가 가까워서 자유롭게 행동할 수 있어서 그러나."

그 배려 없는 말에 "얼간이인가요."하고 키요타카는 무심코 웃었다.

"코마츠 씨에게는 신세를 많이 지기도 했고, 저만 신세를 질 수는 없잖아요."

그렇게 이야기하는 키요타카에게 엔쇼는 "그 사람한테 신세를?"하고 이해할 수 없다는 듯이 얼굴을 찌푸렸다.

"뭐, 어쩌면 수행 기간 중에 알 수 있을지도 모르겠네요."

키요타카는 싱긋 미소 짓고 '키요미즈 산넨자카 미술관'이라는 간판 앞에서 발걸음을 멈췄다. 기와지붕에 유리 미닫이문이라는 일본식 건물 모습이었다. 결코 큰 건물은 아니었다.

"이런 데 미술관이 있었나."

"2000년에 개관한 사설 미술관으로, 관장은 무라타 제작소의 창업주를 아버지로 둔 무라타 마사유키 씨입니다."

"새 시설이구먼."

"네. 하지만 막부 말부터 메이지에 걸친 금속 공예나 칠기 공예 마키에, 사츠마 도자기, 그리고 칠보를 상설 전시하는 일본 최초의 미술관입니다. 전에 아오이 씨가……."

키요타카는 거기까지 말하다 입을 잘못 놀렸다는 듯이 말을 끊었다.

그 모습을 보고 엔쇼는 어이없다는 듯이 숨을 내쉬었다.

"댁, 내 앞에서 아오이 씨 얘기를 하지 않으려 하고 있제?"

"……그렇습니다. 제 입에서 나오는 아오이 씨 이야기를 듣고 싶어 하지 않을 것 같아서요."

조심스럽게 말을 꺼내는 키요타카를 보고 엔쇼는 진저리가 난다는 양 어깨를 으쓱거렸다.

"이제 와서 뭐고. 그렇게 배려하는 게 더 기분 나쁘다."

"그럴지도 모르겠네요. 그저 제가 당신이라면 듣고 싶지 않을 것 같아서요."

"댁과 내는 다르다. 애초에 만났을 때부터 댁과 아오이 씨는 세트데이. 깨달았을 때는 댁은 '아오이 바보'였고. 이제 와서 말도 꺼내지 않다니, 그 배려가 부자연스럽고 기분 나쁘다. 평소대로 해도 된다."

엔쇼는 그렇게 쏘아붙이고 강한 눈빛으로 키요타카를 봤다.

키요타카는 흐음, 하고 고개를 끄덕이고 쓴웃음을 지었다.

"그 웃음은 뭐고."

"아니요……."

만약 자신이 엔쇼의 입장이라면 틀림없이 그렇게 말할 것이다. 겉보기에는 전혀 달라도 역시 본질은 닮았으리라. 이 거칠고 짐승 같은 남자와…….

"인정하고 싶지 않고 대항할 마음은 지금도 있습니다만……."

"허허, 뭐고?"

"아니, 아무것도 아닙니다. 이야기를 되돌려서, 전에 아오이 씨가 쿠라의 쇼윈도에 나미카와 야스유키의 작품을 전시해서 말입니다."

"그래서 여기를 떠올렸다는 거구먼."

엔쇼는 납득했다는 듯이 고개를 끄덕였다.

"네, 힌트를 얻었습니다."

키요타카는 그렇게만 말하고 입을 다물었다.

아오이가 엔쇼에게 '두 나미카와'를 보여주고 싶다고 한 말을 전해야 할지 순간 망설였지만 꺼내지 않았다.

약간의 질투가 섞인 것은 인정하지만, 그것을 배제하고도 엔쇼의 흔들리는 감정이 배움을 방해하는 것을 느꼈기 때문이다.

"지금 마침 여기에도 '두 나미카와'의 작품이 잘 갖춰져 있습니다."

키요타카는 그렇게 이야기하며 미닫이문을 열고 안으로 들어갔다.

입장료를 내는 키요타카의 뒤에서 엔쇼는 고개를 갸웃거렸다.

"'두 나미카와'?"

"세계에 자랑하는 두 칠보 공예 작가입니다. 우선 보러 가죠."

그렇게 말하고 키요타카는 관내의 전시물을 보면서 칠보 공예를 설명했다.

'칠보 공예'는 금속 표면에 색 있는 유약을 입혀서 만든다. 이름의 유래에는 여러 설이 있다고 하는데, 하나는 재료에 보석이 쓰이기 때문이라는 설. 또 하나는 법화경에 나오는 칠보, 즉 금, 은, 유리, 수정, 조개, 마노, 산호처럼 주옥의 아름다움이 있다는 의미로 이름이 지어졌다는 설이다.

"칠보 공예 기술은 액세서리나 훈장, 차의 엠블럼에도 쓰이고 있어서 우리도 모르는 사이에 많이 접하고 있지요."

키요타카는 그렇게 이어 말했다.

관내 2층의 기획 전시 코너로 향했다. 나미카와 야스유키의 작품을 앞에 두자 엔쇼는 발걸음을 멈추고 집어삼킬 듯이 들여다봤다.

엔쇼가 보고 있는 것은 '나비도 표주박형 화병'. 그 작품은 크기가 20센티미터도 되지 않는 화병이다. 거기에 꽃과 나비가 입혀져 있는데, 나비 날개의 섬세한 경맥까지 그려져 있었다. 그야말로 최고급 기교라고 할 수 있는 장인의 기술이다.

"멋지데이."

엔쇼는 무심결에 튀어나오듯 중얼거리고 숨을 꿀꺽 삼켰다.

"네, 훌륭하죠?"

"옛날에 쌀에 그림을 그리는 아재의 기교에 감탄한 적이 있었는데, 이건 또 그런 것과는 격이 다르데이."

"그렇죠. 기법뿐만 아니라 품성과 긍지가 전해져오죠? 숨 쉬는 것을 잊을 것 같습니다."

"참말이다."

엔쇼는 강하게 동의한 후 퍼뜩 정신을 차리고 갑자기 부끄러워진 듯이 자세를 바로 했다.

"나미카와 야스유키는 막부 말 교토에서 태어나 메이지 때 활약한 작가입니다. 그는 유선 칠보로 높은 평가를 받았습니다."

"유선이라면 이렇게 구분 짓는 선을 긋는 기술을 말하는 거가?"

"네. 얇은 금속선으로 모양을 잡는 기법으로, 세세하게 도안을 표현할 수 있지만 그만큼 수고가 들고 기술력이 중요한 수법입니다."

엔쇼는 "그렇겠제."하고 중얼거렸다.

"그러면 또 한 명의 나미카와를 소개하죠."

키요타카는 걸음을 옮겨 어느 작품 앞에서 발을 멈췄다.

이쪽도 칠보 공예지만 화병이 아니라 쟁반이었다.

'쌍구도 쟁반'이라는 작품으로, 그 이름대로 비둘기 두 마리가 몸을 맞대듯이 그려져 있었다. 나미카와 야스유키의 날이 선 듯이 그려진 작품과는 달리 이쪽은 아름답고 부드러운데도 사실적이었다. 비둘기의 온기가 느껴질 정도다.

"이쪽도 좋은 작품이데이."

"나미카와 소스케의 작품입니다."

"그래서 '두 나미카와'라는 거구먼."

엔쇼는 흠, 하고 희미하게 웃었다.

"나미카와 소스케는 지바의 농가 출신으로 무역상을 하고 있었습니다. 내국의 한 전람회에서 칠보 공예를 감상하고 매료되었다고 합니다. 거기서 자신의 인생을 싹 바꿔 칠보 공예 작가가 되는 일에 뜻을 두었습니다. 지금까지 내려오던 전통을 일신하는 무선 칠보라는 기법을 고안한 겁니다. 아주 큰 평가를 받았습니다."

"이 작품의 기법이 '무선 칠보'로구먼?"

엔쇼는 '쌍구도 쟁반'으로 눈길을 떨어뜨리고 말했다.

"네, 무선 칠보는 굽기 전에 은선을 제거하는 기법으로, 이것도 유약에 함유되는 수분을 조정하기가 아주 어렵다고 알려져 있습니다."

완성된 작품은 무선이라 해도 선이 없는 것은 아니었다. 하지만 나미카와 야스유키의 유선 칠보와 비교하면 선이 강조되지 않아서 아주 부드러운 인상을 줬다.

"나미카와 소스케가 칠보 공예를 만난 박람회에는 나미카와 야스유키의 작품이 전시되어 있었습니다. 거기서 나미카와 야스유키는 큰 평가를 받았습니다. 아마 나미카와 소스케는 나미카와 야스유키의 작품에 충격을 받고 작가가 되기로 마음먹지 않았을까 저는 추측하고 있습니다."

"그렇겠제……."

엔쇼는 거기까지 말하고 입을 다문 다음 나미카와 야스유키와 나미카와 소스케의 작품을 천천히 비교했다. 어느 쪽도 우열을 가릴 수 없을 만큼 훌륭해서 이제는 취향의 문제라고 생각할 정도였다.

"같은 길은 걷고 싶지 않았던 거겠제. 그래서 무선 칠보를……."

엔쇼는 나미카와 소스케의 작품을 바라보며 혼잣말처럼 중얼거렸다.

나미카와 소스케는 나미카와 야스유키의 작품을 만나 칠보 공예의 길로 나아갈 것을 결심했다. 처음에는 동경이나 존경하는 마음을 강하게 품고 있었던 것이리라. 하지만 그 길에 들어선 이상 언젠가 따라잡고 싶은 목표로 바뀐다. 이윽고 그 마음은 반드시 넘어서고 싶다는 질투 섞인 것으로 변해가도 이상한 것은 아니리라. 그리고 그런 마음이 이 훌륭한 기법과 작품을 만든 것이다.

"그러네요. 저도 그렇게 생각합니다. 그 결과 나미카와 소스케는 영빈관에서 승리를……."

순간 키요타카는 '아니, 이기고 지는 이야기가 아니지.'하고 입을 다물었다.

"응?"

"아니요, 아무것도 아닙니다. 이런 훌륭한 작품의 배경에는 깊은 드라마가 있는 법입니다. 그런 것도 포함해 예술은 훌륭하죠?"

키요타카는 작품을 바라보며 사랑스러운 듯이 말했다.

그런 키요타카의 옆얼굴을 보며 엔쇼는 작게 웃었다.

"왜 그러시죠?"

"아니, 댁의 가르침은 치사하다."

"치사해요?"

키요타카는 눈을 깜빡였다.

"댁한테 이런 건 참말로 맛있다고 생각하는 거나 재미있다고 생각했던 걸 얘기하는 것과 똑같다. 라멘을 좋아하는 사람이 '저기 라멘, 엄청 맛있어'라고, 아무 생각 없이 말하는 것과 같데이."

"네, 물론 그건 그렇습니다만……."

키요타카는 그게 뭐가 이상하냐며 의아한 눈빛을 보였다.

"지금까지 댁이 아오이 씨한테 자신의 지식을 자랑하며 하나하나 자상하게 가르쳐주고 있다고 생각했는데, 라멘 좋아하는 사람이 라멘을 얘기한 것과 똑같았구먼. 봐라, 아오이 씨도 미술품의 세계에 빠지고 말았제?"

엔쇼는 입에 손을 대고 큭큭 웃었다.

엔쇼가 생각하는 것은 손에 잡힐 듯이 알고 있다고 생각했지만 지금만큼은 무슨 소리를 하는지 제대로 이해할 수 없어서 키요타카는 네에, 하고 맥 빠진 대답을 했다.

그 뒤로도 엔쇼는 열심히 전시된 미술품을 보고 있었다. 한편 이 미술관에 불쑥 찾아온 손님은 대강 보고 휑하니 떠났다. 차분하게 보는 사람도 있었지만 그렇게 많지는 않았다.

"…………."

키요타카가 미술관의 내부 장식이나 손님들의 모습을 관찰하고 있었다.

"뭐 하노?"

엔쇼가 물었다.

"관찰이랄까, 시찰을 하고 있습니다."

"시찰?"

"철학의 길 근처에 있는 야가시라 저택을 언젠가 사설 미술관으로 만들고 싶은데, 규모로는 이 정도 크기가 될 것 같아서요."

그렇게 말하자 엔쇼는 "안 된다."하고 이마에 손을 댔다.

엔쇼의 말에 키요타카는 "네?"하고 고개를 갸웃거렸다.

"참말로 뼛속까지 팔자 편한 도련님이데이. 사설 미술관은 어지간한 재력이 없으면 꾸려나갈 수 없다. 댁네 집안은 부자겠지만 사설 미술관을 하면 집안의 돈은 바로 없어질 거데이."

거침없이 말하는 엔쇼에게 키요타카는 "네."하고 동의했다.

"'네'라니, 알고 있었던 거가."

"그래서 카페와 같이 하려고 생각하고 있습니다. 큰 홀에 미술품을 전시하고 그 옆에 카페 공간을 만드는 거죠."

"뭐, 그 장소에서 카페를 하면 입지는 최고데이."

"그렇지만 요즘에는 그것도 어떨까 싶습니다."

"어째서고?"

"세상에는 우리처럼 미술품을 차분히 즐길 수 없는 사람이 더 많겠죠?"

그렇게 말한 키요타카에게 엔쇼는 "그야 그렇겠제."라고 동의했다.

"보통은 휙 돌아보고 가겠제."

"네. 만약 제가 야가시라 저택에서 카페를 병설한 미술관을 열어도 카페가 메인이 될 것 같고, 만약 미술품 코너에 들어가는데 입장료를 받으면 거기로 가지 않는 사람도 많아질 거라고 생각합니다."

엔쇼는 "그렇겠제."하고 팔짱을 꼈다.

"제가 쿠라에서 커피를 내고 있는 건 편히 쉬면서 고미술을 접해주기를 바라서인데, 그것을 야가시라 저택에서 실현하려고 하면 다른 양상이 펼쳐질 것 같습니다."

"그라믄 쿠라를 앤틱 카페로 꾸미면 된다 아이가."

"그것도 생각은 하고 있습니다만, 본격적으로 카페를 시작하게 되면 제가 단골손님에게 가끔 커피를 내는 것과는 사정이 달라져서 고미술과의 공존이 어려워진다고 할까요."

"뭐, 습도 때문에 그런 거겠제."

키요타카는 고개를 세로로 흔들었다.

"그래서 제 안에서 여러 일에 대한 GO 사인이 나오지 않고 있습니다. 그렇다고 무리하게 결론을 내릴 마음도 없습니다만."

"어째서고."

"억지로 낸 대답으로 좋은 결과는 생기지 않습니다. 다양한 것을 보고 듣고 배우고 제 안에서 좁히고 좁혀서 이것밖에 없다는 결과가 나오면 그때 행동으로 옮길 생각입니다. 지금은 그러기 위한 공부 기간이라고 생각하고 있습니다."

그렇게 말한 키요타카를 엔쇼는 아무 말 없이 바라보고 있었다.

시선을 눈치챈 키요타카는 눈을 맞추고 화제를 바꿨다.

"그건 그렇고 칠보 공예를 접해본 감상은 어떻습니까?"

"……글쎄, 여기에 와서 다행이다."

나직하게 중얼거린 엔쇼에게 키요타카는 "참 다행이군요." 하고 미소 지었다.

"그러면 슬슬 사무소로 돌아갈까요?"

엔쇼는 "그러재이."하고 키요타카와 함께 미술관을 나가 조금 앞을 걷는 키요타카의 뒷모습을 바라보며 가만히 입을 열었다.

"이보래이, 댁이 전에 가져온 사진 말인데…… 다시 보여줄 수 없겠나?"

키요타카는 고개를 돌리지 않은 채 "좋습니다."하고 희미하게 입가를 누그러뜨렸다.

* * *

그 무렵 코마츠는 부인이 수업을 마치고 화도 교실에서 나와 시조 길에서 택시를 탈 때까지 지켜보면서 카메라에도 담고 있었다.

'지금 택시에 탔습니다.'

바로 의뢰인에게 문자와 사진을 보냈다. 그러자 바로 의뢰인에게서 답장이 왔다.

'감사합니다. 안심했습니다.'

코마츠는 휴우, 하고 숨을 내쉬고 기지개를 켰다.

의뢰인의 아내는 화도 교실이 있는 마치야에서 도중에 빠져나오지 않았다. 아무래도 남편의 기우였던 듯하다.

뺨을 누그러뜨리며 안도하고 있었다.

"코마츠 씨."

뒤에서 목소리가 들려서 코마츠는 고개를 돌렸다. 키요타카와 엔쇼를 보고 코마츠는 오오, 하고 소리를 냈다.

"벌써 돌아왔네?"

"네, 의뢰인의 부인은 택시로 돌아갔네요."

"응, 늘 택시로 오후 5시 반에는 돌아가는 모양이야."

그래서 택시 미행은 하지 않아도 된다고 했다.

"수상한 느낌은 없었어. 남편의 기우인 것 같아."

코마츠가 하하하, 하고 웃자 키요타카와 엔쇼는 얼굴을 마주 봤다.

"어, 뭐야, 그 의미심장한 느낌은?"

"……아니요, 부인이 기모노를 갈아입은 모습이었어서요."

"맞다, 그건 한 번 벗은 거겠제."

"벗었다니, 그럼 알몸이 됐다는 거야?"

그렇게 말하며 코마츠의 안색이 변했다. 키요타카는 쉿, 하고 검지를 세웠다.

"일단 사무소로 돌아가죠."

그 말에 코마츠는 "으, 응."하고 고개를 끄덕이고 세 사람은 사무소로 돌아갔다.

4

"알몸이 됐을지도 모른다니, 진짜야?"

사무소에 들어가자마자 코마츠는 참을 수 없다는 양 힘차게 물었다.

"기모노를 벗은 것처럼 보인다고 했을 뿐 알몸이 됐다고는 하지 않았습니다."

키요타카는 어이없다는 듯이 말하고 코마츠가 찍은 영상을 다시 확인한 다음 음, 하고 고개를 끄덕였다.

"역시 한 번 벗었다 다시 입었네요."

"그제, 허리띠의 위치도 조금 다르데이."

두 사람의 말을 듣고 코마츠도 영상을 확인했지만, 도대체 알 수가 없어서 고개를 갸웃거렸다.

"……그래? 어디가 다른지 전혀 모르겠는데."

"둔감하구먼. 댁은 부인이 바람을 피워도 눈치 못 채는 거 아이가?"

"재, 재수 없는 소리 하지 마."

"어쩌면 그게 행복한 일일지도 모릅니다."

키요타카는 코마츠의 어깨에 손을 올렸다.

"더 재수 없는 소리 하지 마!"

코마츠는 소리를 버럭 질렀다.

"코마츠 씨, 오늘 화도 교실에 드나든 사람들의 사진을 보여주시겠어요?"

"그래."

코마츠는 책상에 앉아 디지털카메라를 컴퓨터에 연결해 큰 화면에 영상을 표시했다. 주로 화도 교실에 들어가는 학생들의 모습이었다. 그 안에 남자의 모습은 없고 일본 옷 차림의 중년 여성뿐이었다.

한 장 한 장 확인하면서 키요타카는 "응?"하고 미간을 찌푸렸다.

"슈트를 입은 사람이 한 명 있네요. 이 영상, 크게 키워주시겠어요?"

검은 슈트를 입은 여성의 모습이다. 크고 검은 백을 손에 들고 있었다.

코마츠가 고개를 끄덕이고 영상을 확대하자 "아아, 역시."하고 키요타카는 중얼거렸다.

"아는 사람이가?"

엔쇼가 물었다.

"네, 보석상 사람이에요. 만난 적이 있습니다."

"보석상이라……."

이어서 수업이 끝나고 학생들이 교실에서 나오는 영상을 보았다.

키요타카와 엔쇼는 빤히 응시했다.

"이 여자랑 이 여자랑 이 여자도 기모노를 다시 입은 것 같데이."

"하지만 그 밖의 여성은 벗지 않은 듯하네요."

"어떻게 아는 거야."

코마츠는 입을 떡 벌렸다.

"교실에 들어갈 때 모습을 영상으로 봐서요."

"하모, 댁도 봤다 아이가."

당연하다는 말이 돌아왔다. 코마츠는 "몰라봐서 미안하다." 하고 입을 삐죽였다.

"그건 그렇고 묘하네요."

키요타카는 학생들의 모습을 보며 나직하게 중얼거렸다.

"뭐가?"

"화도 교실에서 기모노를 벗는 거 말이제?"

"그것도 그렇지만, 예를 들어 복식을 배우는 학생도 있다고 하면 이상하지는 않습니다."

키요타카가 그렇게 대답하자 코마츠는 "아, 그런가."하고 고개를 끄덕였다.

"신경 쓰이는 건 저 작은 마치야에 있는 교실치고는 드나드는 학생의 수가 너무 많다는 점입니다."

그 말에 엔쇼도 "참말이데이."하고 팔짱을 꼈다.

코마츠도 "확실히 그렇군."이라고 중얼거리고 영상으로 시선을 돌렸다.

듣고 보니 상당한 인원이었다. 한 사람에게 얼마나 되는 공간이 주어지는지는 모르지만 이래서는 어떻게 봐도 꽉 들어찬다.

그런 생각을 하고 있는데 미닫이문이 드르륵 열리는 소리가 울렸다.

"실례합니다, 음식 좀 가져왔는데. 오하기 떡을 만들어서."

그런 말과 동시에 카즈요가 모습을 드러냈다.

키요타카는 "마침 잘 오셨어요."하고 기쁜 듯이 웃었다.

"마침 잘 와?"

"카즈요 씨, 음식을 가져다주셔서 감사합니다. 오하기 떡, 정말 좋아해요."

"그거 다행이다."

"그리고 여쭙고 싶은 게 있었어요."

카즈요는 "응?"하고 눈을 깜빡였다.

"'하나츠무기'라는 화도 교실에 대해 아시면 좀 가르쳐주세요."

키요타카의 말에 카즈요는 영문을 모르겠다는 기색으로 고개를 끄덕였다.

* * *

테이블에 차와 오하기 떡 준비가 다 되었을 무렵 카즈요는 이야기하기 시작했다.

"선생은 아츠코 씨라 하고 지금은 이제 쉰이 넘었을까. 꽤 나 고생한 사람이다. 이 기온을 싫어해 젊어서 고베의 대부호에게 시집갔었지. 상대는 한참 연상의 남자였고."

"어째서 싫어한 건가요?"

"떳떳하지 못했거든. 아츠코 씨네 어머니는 꽃꽂이 선생이었는데, 거기 학생이자 기온에서 상당히 부자인 남자와 사랑하는 사이가 됐지. 하지만 상대에게는 가정이 있었고. 이른바 소실이 된 거지. 그리고 태어난 게 아츠코 씨고, '첩의 자식'이라며 본처의 자식에게 괴롭힘을 당했지."

카즈요는 뺨에 손을 대고 휴우, 하고 숨을 내쉬었다.

"고베로 시집 간 뒤에도 아츠코 씨는 한동안 자식을 낳지 못해서 시어머니에게 구박을 받았다대. 겨우 남자아이를 낳았지만 그 뒤 바로 남편이 죽어서 아이를 데리고 이 기온으로 돌아왔어. 그리고 어머니와 함께 화도 교실을 시작했는데…… 아츠코 씨는 어머니의 과거도 있고 이래저래 말을 들었는지 여성만 받았지. 그래서 평판이 꽤나 좋아졌는데, 그만 어머니가 병으로 죽고……."

카즈요는 차를 한 모금 마시고 숨을 토했다.

"키요타카가 태어난 무렵이었나. 아츠코 씨의 집에 불이 났어. 그것도 방화로."

세 사람은 방화, 하고 저도 모르게 시선을 맞췄다.

"그렇지…… 아츠코 씨는 소중한 것이 다 사라졌다면서 울며불며 난리였지만 그 뒤에 다시 일어나 같은 곳에서 화도 교실을 열었지."

"……아츠코 씨는 그 후 재혼은 하셨나요?"

그렇게 묻는 키요타카에게 카즈요는 가만히 고개를 저었다.

"안 했다."

"아츠코 씨의 아들은 지금 어디 있나요?"

"이 기온에 있지. 한 번 도쿄로 나갔지만 돌아왔어. 히로키도 어무이와 마찬가지다. 기온이 싫어서 나갔지만 돌아왔지."

히로키라는 이름에 세 사람은 눈짓을 했다.

"아츠코 씨의 성은 혹시 타도코로인가요?"

"그래, 타도코로 아츠코."

키요타카가 "그런가요……."라고 중얼거렸다.

"그래서 아들 타도코로 히로키 씨는 지금은 무엇을 하고 있나요?"

"기온으로 돌아와 프랑스 식당을 냈지만 잘 안 돼서 업종을 여러 번 바꾸다가 최근에는 악독한 장사를 시작했다고 평판이 나쁘더라. 아무래도 본가의 사키치 씨에게 질 수 없다는 집념 때문에 그런 걸지도 모르겠다."

즉 그 바가지 클럽의 오너 타도코로 히로키의 어머니, 아츠코가 화도 교실의 선생이라는 뜻이다.

"……수상한 냄새만 난데이."

나직하게 중얼거린 엔쇼에게 코마츠는 "쉿."하고 검지를 세웠다.

"아츠코 씨와 이복 자매에 해당하는 본가의 딸은 지금도 사이가 나쁜가요?"

키요타카가 솔직하게 묻자 카즈요는 곤란한 듯이 뺨에 손을 댔다. 본가의 이복 자매, 즉 스미카와 사키치의 어머니다.

"맞다. 본가의 딸은 카요코 씨라 하고 아츠코 씨보다 한 살 많은 이복 언니지. 카요코 씨의 외모는 예쁘다고 할 수는 없었다. 반면에 아츠코 씨는 누구나 돌아볼 만한 미인이었지. 그런 점도 있어서 카요코 씨는 질투했을 거다. 첩의 자식은 결혼 못 할 거라는 말을 입버릇처럼 했지. 그런데 아츠코 씨가 그녀에게 반한 대부호와 먼저 결혼했을 때는 카요코 씨도 참말로 분한 것 같았어."

이야기를 들으면서 엔쇼는 "싫다 싫어."하고 어깨를 으쓱거렸다.

"하지만 그런 두 사람의 사이가 결정적으로 나빠진 데는 또 한 사람, 타에코 씨라는 아가씨의 존재가 컸다."

키요타카는 "타에코 씨?"하고 어렴풋이 고개를 갸웃거렸다.

"타에코 씨는…… 아츠코 씨와 카요코 씨 이복 자매의 아버지의 절친의 딸인데. 그리고 줄곧 아츠코 씨의 둘도 없는 절친이었어. 두 사람은 어릴 때부터 어른이 될 때까지 친했지만, 타에코 씨의 아버지가 돌아가셨을 때쯤일까. 세 사람에게 무슨 일이 있었는지는 모르지만 타에코 씨는 아츠코 씨를 떠나 카요코 씨와 친해졌어. 아츠코 씨의 집에는 그 후 불이 나서 아츠코 씨는 참말로 모든 것을 다 잃었고……."

여자의 이런 질척한 이야기는 누구나 고역이겠지만, 엔쇼는 그런 생각이 얼굴에 뚜렷하게 드러나 있었다. 진심으로 지긋지긋하다는 기색을 보였다.

"여자의 질투는 참말로 기분 나쁘다. 트집도 잘 잡고."

"그렇네."

이야기를 듣고 있던 코마츠는 자기도 모르게 몸을 내밀며 물었다.

"그럼 아츠코 씨의 집에 일어난 방화는 그런 질투 때문에 일어났나요?"

카즈요는 설마, 하고 웃었다.

"아니 그런 이유로 방화는 안 하지. 아츠코 씨는 아버지의 유산도 남편의 유산도 거의 받지 못했는데, 그래도 상당히 풍족하게 살아서 실은 몰래 받았다는 소문이 있었어. 그래서 방화는 강도의 짓인 것 같다고. 참말로 싫다."

카즈요는 그렇게 말하고 힘없이 웃었다.

* * *

카즈요가 돌아간 후 코마츠, 키요타카, 엔쇼는 제각기 멍하니 있었다.

키요타카는 의자에 앉아 다리와 팔을 꼰 채 움직이려 하지 않았고, 엔쇼는 소파에 털썩 앉은 상태로 천장을 올려다보고 있었다. 코마츠는 책상에서 턱을 괴고 있었다.

"⋯⋯꽤나 깊은 얘기였어."

코마츠가 침묵을 견디지 못하고 입을 열었다. 엔쇼는 아무 말도 하지 않았고, 키요타카는 "정말이네요."하고 쓴웃음을 지었다.

키요타카는 잠시 생각에 잠긴 듯이 턱에 손을 대고 있다가 "그렇지."하고 고개를 끄덕이고 얼굴을 들었다.

"코마츠 씨, 아츠코 씨의 아버지, 카요코 씨, 그리고 타에코 씨에 대해 조사해주시겠어요? 또한 아츠코 씨의 집에 일어난 방화 사건에 대해서도 정보를 모아주세요."

코마츠는 으응, 하고 고개를 끄덕이고 컴퓨터로 향했다.

"뭔가 알아내면 문자를 보내주세요. 게다가 부탁할 일이 또 있을지도 모릅니다."

그렇게 말하고 키요타카는 일어나 의자 등받이에 걸어놓은 재킷을 손에 들었다.

"부탁이라니, 어디 가노?"

"저는 지금부터 아츠코 씨의 화도 교실을 찾아갈 겁니다."

키요타카는 싱긋 웃고 사무소를 나갔다.

5

"어머나, 당신이 지금 화제의 인물인 탐정님. 소문은 진작부터 들었지만 꽤 젊네."

키요타카가 화도 교실 '하나츠무기'로 인사를 하러 찾아가자 아츠코는 흔쾌히 맞아들이며 차를 내줬다.

아츠코는 연녹색 홑옷을 걸치고 기품 있고 부드러운 웃음을 띠고 있었다. 쉰이 넘었다고 하는데, 그렇게 보이지 않는 젊음과 요염함이 있어서 카즈요가 말했던 대로 아름다운 여성이었다.

키요타카는 차를 마시면서 실내를 둘러봤다. 여기에 오기까지 나름 확인할 수 있는 건 하고 왔는데, 역시 그렇게 많은 인원을 수용할 수 있는 넓이는 아니다. 물론 불가능하지는 않겠지만……

"그런데 키요타카 씨는 그 야가시라 선생님의 손자라고?"

확인하듯이 묻는 그녀에게 키요타카는 고개를 끄덕였다.

"식견을 넓히라고 하셔서 다양한 일을 하고 있습니다."

"그거 좋네요."

"아주 엄하셔서 큰일입니다. 수행이 끝날 때까지는 집에 오지도 말라고 하셔서요……"

"세이지 씨답네요."

"물론, 몰래 가지만요."

아츠코는 입가를 가리고 후후후 웃었다.

키요타카가 문득 창밖을 보니 작은 정원에 심어진 벚나무가 꽃을 피우고 있었다.

"가을에 벚꽃이…… 불시개화현상인가요?"

키요타카는 정원으로 시선을 향하며 조용히 물었다.

벚꽃은 여름에 내년 봄에 피울 꽃봉오리를 만들고 나서 휴면한다. 하지만 무슨 영향인지 가을의 기온 변동으로 '봄이 왔다'고 착각한 벚나무가 꽃을 피우는 경우가 있다고 한다. 그것을 불시개화현상이라고 한다.

"잘 아시네요. 이 벚나무는 제가 어릴 때부터 있었는데, 어느 해부터 이런 현상을 일으켜서 계속 가을에 꽃을 피운답니다."

"그거 재미있네요."

그렇게 말하며 키요타카는 웃었다.

"할아버지께 이 집에 옛날에 불이 난 적이 있다고 들었는데, 정원의 벚나무는 무사했던 건가요?"

"불탄 건 집뿐이라서 정원도 그렇고, 이웃집에도 폐를 끼치지 않고 끝났죠. 불행 중 다행입니다."

아츠코는 그렇게 말하고 힘없이 웃었다.

그리고 잠시 동안 담소를 나눈 후 키요타카는 찻잔을 놓고 "그런데."하고 입을 열었다.

"오늘 찾아뵌 건 부탁드리고 싶은 것이 있어서입니다."

"부탁이라니요?"

"이 화도 교실의 작은 비밀을 얼핏 들어서요."

목소리의 톤을 낮추고 말하자 아츠코는 어깨를 움찔 떨고 키요타카를 똑바로 바라봤다. 입가를 끌어올리고는 있지만 눈은 웃고 있지 않았다. 아츠코는 노골적이지는 않지만 경계심을 드러냈다.

키요타카는 "아닙니다, 아니에요."하고 일부러 당황한 듯이 손을 내저었다.

"오해하지 마십시오. 여기를 파헤치려는 건 아닙니다."

"……비밀이라는 말은 뭐고 파헤친다는 말은 또 무슨 소린지?"

아츠코는 어렴풋이 고개를 갸웃거렸다.

"이곳에 대해 히로키 씨에게 들었습니다. 만약 마음에 드신다면 부디 저도 써주셨으면 해서요."

키요타카는 가슴에 손을 얹고 싱긋 미소 지었다.

아츠코는 침묵을 지켰지만, 잠시 후.

"당신이……?"

그녀는 의심스럽다는 듯이 키요타카를 응시했다.

"네. 너무 노골적으로는 말할 수 없지만 실은 저도 용돈이 좀 필요해서요. 저는 써주실 수 없나요?"

키요타카는 눈을 위로 뜨며 간청하듯이 물었다.

"…………"

아츠코는 시선만으로 키요타카를 위에서 아래까지 훑어보고 홋, 하고 웃었다.

"물론 좋죠. 당신처럼 고운 남자가 들어와 준다면 기뻐요."

"감사합니다, 영광이네요."

"우리는 기본적으로 평일 낮에만 가능한데, 괜찮을까요?"

"네, 매일은 무리입니다만."

"그래도 상관없어요."

"그러니 부디 보여주시겠습니까?"

키요타카가 조용히 묻자 아츠코는 가만히 일어나 방바닥보다 살짝 높은 단, 토코노마 위에 걸려 있는 족자를 떼어냈다. 그러자 그곳에는 미닫이문이 있었고, 문을 열자 지하로 이어지는 계단이 나타났다.

"흐음, 여기로 가는 거군요……"

키요타카는 감탄의 숨을 내쉬었다.

* * *

"형씨는 그 화도 교실에 잠입해서 어쩌려는 거지."

코마츠는 컴퓨터 앞에 앉아 키보드를 두드리면서 멍한 말투로 중얼거렸다.

"그야 안이 어떻게 꾸려져 있는지 정찰하러 간 거겠제?"

엔쇼는 소파에서 칠보 공예 자료로 눈길을 떨어뜨리며 시시하다는 듯이 대답했다.

"하지만 예컨대 집은 좁은데 학생 수가 많은 걸 알았다고 해서 뭘 어쩔 건데?"

코마츠가 고개를 갸웃거리자 엔쇼는 어이없다는 듯이 눈을 가늘게 떴다.

"그 얼굴은 뭐야……."

"댁은 참말로 얼간이데이."

"얼간이?"

"아마 그 마치야 지하에 뭔가 있겠제."

엔쇼가 그렇게 말하자 코마츠는 "뭐?"하고 눈을 깜빡였다.

"요전에 바가지 가게를 나온 후 호스트 같은 폭력배들이 쫓아왔제?"

"아아, 결국 도망쳤다는……."

"그놈들이 갑자기 모습을 감췄다 아이가. 지금 생각하면 그 화도 교실 쪽이었데이."

"그렇군, 화도 교실로 들어간 건가……."

엔쇼는 "그렇지."하고 고개를 끄덕였다.

"그 타도코로 히로키가 경영하는 바가지 가게와 어무이인 타도코로 아츠코가 있는 화도 교실은 바로 근처다. 집 한 채를 끼고 있는 정도지. 이건 내 예상인데, 그 지하에 뭔가 있을 거데이."

"뭐가 있는데?"

코마츠의 목이 꿀꺽 소리를 냈다.

"뭐, 아마 '비밀 클럽'이겠제."

"그렇구나, 형씨는 그걸 확인하러……."

겨우 이해한 표정으로 코마츠는 입에 손을 댔다.

"하지만 화도 교실에 가서 지하의 비밀 클럽에 대해 캐물어 봐야 솔직하게 대답해줄 리가 없잖아?"

살짝 찌푸린 얼굴을 드는 코마츠를 보고 엔쇼는 어깨를 으쓱거렸다.

"댁은 그 남자에 대해 아무것도 모른데이."

"뭐시라!"

"당연히 감쪽같이 속여서 잠입하지 않겠나."

"그런가, 그렇겠네."

코마츠는 하핫, 하고 헛웃음을 짓고 키보드를 두드렸다.

엔쇼는 책상에 있는 코마츠를 힐끗 보고 "참말로 와 이 남자네로 한 거고?"라고 불만스러운 듯이 중얼거리고는 다시 자료로 눈길을 떨어뜨렸다.

잠시 후 코마츠는 "좋아, 알아냈어."하고 얼굴을 들었다.

"알아냈다꼬?"

"타도코로 아츠코 집의 화재는 25년 전 10월에 일어난 모양이야. 범인은 그때 잡히지 않았고 불탄 건 집뿐. 집 안이 어질러진 흔적이 있어서 절도범의 짓이라는 견해가 있었어."

"25년 전……."

그렇게 말하며 엔쇼는 얼굴을 찌푸렸다.

"아츠코의 아버지는 전장에서 죽었는데, 카즈요 씨가 말했듯이 상당한 자산가였던 모양이야. 보석을 좋아해서 음식점을 경영하는 한편 보석상도 한 듯해."

엔쇼는 호오, 하고 눈을 크게 떴다.

"아츠코는 스무 살에 두 배 이상 연상인 부동산업자 부호가 그녀에게 첫눈에 반해서 결혼. 스물일곱 살에 히로키를 출산. 서른 살에 미망인이 돼.

아츠코의 이복 언니의 이름은 스미카와 카요코. 스물여섯 살에 맞선을 봐 데릴사위를 들이는 결혼을 했어. 그 후 바로 장남인 사키치를 낳았지.

두 사람의 절친인 토다 타에코. 옛 성은 야스이 타에코. 스물세 살에 결혼. 2년 후에 딸을 출산. 카요코 씨가 '타에코 씨의 아버지가 돌아가신 뒤'라고 해서 그것도 조사해보니, 타에코의 아버지 또한 25년 전 3월에 심근경색으로 죽었어."

조사한 것을 코마츠가 줄줄 이야기하자 엔쇼는 눈을 부릅

떴다.

"댁은 우째서 그런 것까지 조사할 수 있는 기고?"

"뭐, 그건, 저기, 이렇게 저렇게 하다보니까. 형씨한테 보고해야지."

코마츠는 부리나케 문자를 치기 시작했다.

* * *

키요타카는 비밀 계단을 내려가며 주머니에서 검은 테 안경을 꺼내 썼다.

이것은 전에도 잠입 수사에 사용한 적이 있는 카메라가 탑재된 특수 안경이다.

"어머, 안경도 잘 어울리네요."

아츠코는 살짝 즐거운 듯이 말했다.

"감사합니다."

아무래도 그녀는 안경 쓴 남성이 취향인 듯했다.

계단을 내려가자 넓은 방이 나왔다. 낮은 천장에는 작은 샹들리에. 플로어에는 캐러멜 색 가죽 소파가 늘어서고 간접 조명과 관엽식물이 놓여 있었다. 넓이는 스무 평 정도일까. 구석진 공간에는 바 카운터가 있고, 그 뒤에는 위스키나 브랜디가 진열되어 있었다. 더 안쪽에는 계단도 보였다. 그것은 아마 그 바가지 가게로 이어져 있으리라.

"지하에 이렇게 넓은 방이 있다니……."

키요타카는 진심으로 감탄하면서 안경테를 잡아 위치를 조정하는 척하며 방 안을 촬영했다.

"여기는 원래 메이지 시대 높은 사람의 정부의 집이었다고 합니다. 그 정부에게 가게를 내준 것이 지금도 이렇게 남아 있는 거지요."

그렇게 말한 그녀에게 키요타카는 "그렇군요."하고 고개를 끄덕였다.

"고관은 생명을 위협받는 경우도 있으니까 몸을 숨길 장소나 도망칠 길을 확보할 필요도 있었다는 말이군요. 왠지 낭만이 느껴지네요."

아츠코는 "그렇죠."하고 미소 지었다.

"오늘은 휴일인가요?"

"금요일 이외의 평일에는 낮에만 합니다."

호스트 같은 폭력배가 공격한 게 금요일이었던 것으로 기억하며 키요타카는 고개를 끄덕였다.

"여기는 부인들을 접대하는 클럽이죠?"

"맞아요."

"그래서 '봄'도 팔고 있는 건가요?"

일부러 웃으면서 짓궂게 묻자 아츠코는 후후후 웃었다.

"그렇다면 관심이 좀 생기나요?"

"글쎄요? 산전수전 다 겪은 여성을 만족시킬 자신은 도저히 없습니다만."

"어머, 그 젊음만 있으면 괜찮아요."

아츠코는 그렇게 말하고 키득키득 웃고는 키요타카의 가슴을 툭 두드렸다.

"농담입니다. 히로키가 무슨 말을 했는지는 몰라도 참말로 평범한 클럽입니다. 좋지 않은 짓은 하지 않아요."

"그런가요?"

"네. 공공연하게 간판은 내걸지 않았지만 영업 신고도 제대로 했고요. 자신이 저지른 짓은 전부 자신에게 돌아오는 법입니다. 그래서 조용히 운영할 뿐 장사는 정직하게 하고 있어요. 좋은 집 부인들은 남의 눈이 있어서 클럽에 갈 수 없으니 꽃꽂이를 배우는 척하며 지하의 클럽에 오는 겁니다. 기모노를 벗고 드레스로 갈아입은 다음 춤도 추고요."

아츠코는 기모노의 옷자락을 잡고 빙글 돌았다.

"아아, 그래서……."

기모노를 벗은 것이라고 키요타카는 말로 꺼내지 않고 머릿속으로 생각했다.

틀림없이 부잣집 부인들이 젊은 남자를 사는 곳이라고 생각했기 때문에 살짝 맥이 빠지는 기분이 들었다.

"여기는 부인들이 몰래 놀며 스트레스를 푸는 자리입니다. 봄을 사고파는 불법을 시작하면 장사를 길게 할 수 없죠."

아츠코가 그렇게 말하자 키요타카는 바 카운터에 진열된 병의 라벨로 시선을 돌렸다. 고가의 술도 많이 있었지만 여기에 가짜는 없는 듯했다.

"그렇다면 아츠코 씨는 아주 예전부터 이런 클럽을 운영하셨나요?"

"그래요. 여자 혼자서 살아가는데 화도 교실만으로는 너무 어려워서요."

"화재가 일어나기 전부터?"

"맞아요. 불이 나기 전, 어머니가 돌아가신 뒤부터입니다."

키요타카는 "그렇군요."하고 고개를 끄덕이고 아츠코를 곁눈질했다.

"여기에 오시는 부인들은, 물론 남편분에게 비밀로 하겠죠?"

"그야 물론이죠. 그렇게 해야 집에 돌아가 착한 부인이 될 수 있는 겁니다. 좋은 가문의 부인들은 밖에서 보면 눈부실지도 몰라요. 부럽게 생각하는 경우도 많겠지만 사실은 새장 속의 새나 마찬가지죠. 잘 나가는 남편과 결혼해 기고만장할 수 있는 것도 처음뿐. 남은 인생은 집에서 조심하고, 밖에 나가면 인상 좋은 얼굴을 하고, 참말로…… 괴로워서 숨이 막힌다니까요."

그 말에는 무게가 있었다. 아츠코 자신이 부호에게 시집가 괴로움을 겪어봤으리라.

"하지만 가격은 비싸겠죠? 그러면 남편에게 들키지 않나요?"

"그야 우리한테는 장사니까 싸게는 안 하죠. 하지만 시세대로 받고 있고, 무엇보다 우리는 보석으로 지불해도 됩니다."

"보석?"

"네. 남편은 돈의 움직임에는 민감하지만 집에 있는 보석은 없어져도 잘 모르잖아요. 돈이 부족해지면 남편에게 보석을 사달라고 졸라 다시 우리 가게로 오면 됩니다."

"그렇군요. 참 훌륭하네요."

키요타카는 진심으로 감탄했다.

"사실 요전에 여기서 아는 보석상이 나오는 것을 봤는데, 그건 보석을 팔기 위해서 그런 거였나요?"

"그것도 있고, 나도 보석을 좋아해서 희귀한 보석이 들어오면 보여 달라고 부탁했어요. 키요타카 씨도 희귀한 보석을 가지고 있으면 보여주세요."

"저희 가게는 고미술품이 주라서 보석은 거의 없습니다."

"그거 아쉽네요. 그럼 키요타카 씨는 언제부터 들어오시겠어요? 당신 같은 남자가 있으면 다들 좋아할 텐데."

"글쎄요……"

그런 대화를 나누고 있는데 안쪽 계단에서 떠들썩한 소리가 들려왔다.

"엄마, 잠시 의논하고 싶은 게 있는데."

거기에 나타난 것은 타도코로 히로키였다. 아츠코는 얼굴을 찌푸리며 고개를 돌렸다.

"의논이라니, 뭔데? 요전에는 우리 애들을 멋대로 경호원 대신 쓰려고 하지 않나. 네 천박한 방식에는 질렸다."

"그런 말 하지 마……."

"그리고 지금 새로 온 사람한테 가게에 대해 가르쳐주고 있는 참이다."

아츠코는 그렇게 말하고 키요타카 쪽으로 시선을 돌렸다.

히로키는 키요타카의 모습을 보고 눈을 크게 떴다.

"어, 엄마, 이 녀석이야. 우리 가게에 들어온 사키치의 스파이가!"

아츠코는 "뭐?"하고 눈을 크게 떴다.

"참말이가……?"

조용히 묻는 아츠코의 말에 키요타카는 미안하다는 듯이 눈썹을 내렸다.

"실례했습니다. 사과해야겠네요. 지금 제가 여기 있는 건 일을 하고 싶기 때문이 아닙니다. 코마츠 탐정 사무소의 사람으로 조사하러 들어왔습니다."

키요타카는 안경을 벗어 가슴 주머니에 넣었다.

"······나를 속인 건가?"

아츠코는 험악한 표정으로 키요타카를 노려봤다.

"그러네요. 하지만 사키치 씨의 스파이는 아닙니다. 여기에 다니는 고객의 남편분이 의심해서 저희에게 의뢰했습니다. 죄송하지만 이것도 일이니 의뢰인에게 전부 보고하겠습니다."

살짝 미안하다는 듯이 말하자 아츠코는 몸을 떨었다.

"마음대로 해!"

그렇게 말하고 키요타카에게서 등을 돌렸다.

"······히로키 씨 가게의 장사 방식은 결코 용납될 수 없는 것이니 진심으로 마음을 바꾸기를 바랍니다."

그러자 히로키는 쳇, 하고 혀를 찼다.

"사키치의 스파이가 할 소리냐. 또 방해하러 오겠지?"

"또라니요?"

"내가 가게를 시작할 때마다 사키치는 사람을 써서 계속 방해했어. 그러다 난 빚을 지게 됐고······ 더 이상 어쩔 도리가 없다고."

"빚이라니, 그런 지경이 됐으면 말을 했어야지."

아츠코가 놀라자 히로키는 울먹이는 표정을 지었다.

"엄마는 고생만 했는데. 걱정 끼치고 싶지 않아서 스스로 어떻게든 하고 싶었어."

"그럼 뭐 해. 네 가게 평판이 나쁘다는 소리가 내 귀에 이미 들어왔는데."

아츠코는 어이없다는 듯이 말했다.

키요타카는 "그러게요."하고 쓴웃음을 지었다.

"혼자서 어떻게든 하려 했던 결과가 바가지라니, 본말전도
네요."

히로키는 숨을 꿀꺽 삼켰다.

"그리고 아츠코 씨의 비밀 클럽…… 제게는 솔직히 이해가
가지 않는 부분도 있습니다만, 당신이 신념을 가지고 운영하
고 있다는 것은 알겠습니다."

키요타카가 그렇게 말하자 아츠코는 몸을 돌리고 의심스러
운 표정을 보였다.

"히로키 씨가 개선되기를 바라는 마음으로 아츠코 씨의 신
념에 조금 참견을 하겠습니다."

"참견……?"

"아츠코 씨, 이것을 본 기억은 있으십니까?"

키요타카가 스마트폰을 꺼내 어떤 영상을 보여줬다.

아츠코는 화면을 확인하고는 갑자기 "아아아아아!"하고 비
명에 가까운 소리를 지르며 그 자리에 무릎을 꿇었다.

"엄마?"

히로키가 당황하는 소리를 냈다.

"이걸 어디서? 지금 어디 있지?"

아츠코는 키요타카의 다리에 매달리듯 필사적인 모습으로
물었다.

6

며칠 후, 암호를 알아냈다는 보고를 받은 스미카와 사키치
는 흥분을 감추지 못하는 모습으로 보자기로 싼 금고를 가슴
에 품듯이 들고 코마츠 탐정 사무소를 찾았다.

"기다리고 있었습니다."

"여기 앉으십시오."

사키치가 사무소에 들어서자 소장인 코마츠, 조수인 키요
타카와 엔쇼가 그를 맞이했다.

사키치는 응접 코너의 소파에 앉으며 사무소 구석에 있는
가리개를 바라보았다.

"가리개라니, 전에 있었던가?"

그렇게 작은 목소리로 중얼거리며 고개를 갸웃거렸다.

코마츠 일행은 그런 사키치의 목소리는 듣지 못했는지 키요
타카는 개의치 않고 커피를 준비했다. 대충 준비를 마치자 사
키치와 코마츠, 그리고 키요타카는 마주 보고 앉았다. 엔쇼
는 사키치의 뒤에서 벽에 기대듯이 서 있었다.

"암호를 알아냈다는 말은 진짜인가?"

기다리지 못하고 몸을 내밀며 묻는 사키치에게 키요타카는 고개를 부드럽게 끄덕였다.

"네. 확인하고 싶으니 금고를 보여주시겠습니까?"

사키치는 고개를 끄덕이고 보자기에서 금고를 꺼내 테이블 위에 놓았다. 키요타카는 흰 장갑을 끼고 금고를 가만히 들어 무릎 위에 얹었다. 그리고 사키치의 얼굴을 보고 느릿하게 입가를 끌어올렸다.

"그 전에 여쭙겠습니다만, 사키치 씨, 그 편지는 가짜죠?"

"뭐?"

사키치는 무슨 소리를 하는지 모르겠다는 얼굴로 키요타카를 봤다.

"당신의 할아버님이 남겼다는 편지 말입니다."

키요타카는 그렇게 말하고 편지의 복사본을 치켜들었다.

'전장에 가기 전에 이 편지를 쓰고 있다.

너희이니까 말하지만, 제2차 세계대전은 완전히 실패했다고 나는 생각한다.

나는 무사히 돌아갈 수 있을 것 같지 않다.

따라서 이 편지를 남기기로 했다.

거실 땅속 깊이 너희에게 남긴 것이 있다.

암호문도 동봉한다. 너희라면 해독할 수 있을 것이다.

부디 앞으로의 인생에 도움이 되기를 바란다.

주의해줬으면 하는 것은, 그 금고는 장인에게 특수 주문한 물건이다.

무리하게 열려고 하거나 암호를 세 번 이상 틀리면 안에 든 것이 파괴되게 설정되어 있다. 너희 이외의 사람에게 넘어갈 것 같으면 가치를 없애는 편이 낫기 때문이다.

진심으로 행복하기를 기도하고 있다.'

"이 편지는 할아버님이 아니라 당신이 쓴 거죠?"

그렇게 말한 키요타카에게 사키치는 얼굴을 일그러뜨렸다.

"갑자기 뭐고……."

"의뢰인의 비밀을 지키고 의뢰를 완수하는 것이 탐정의 임무라고 생각합니다. 하지만 범죄에 가담하게 되면 이야기는 다릅니다. 이 금고는 훔친 물건이죠?"

"트집은 그만 잡지 그래? 무슨 증거가 있어서 그런 소리를……."

사키치는 얼굴을 일그러뜨리며 키요타카를 노려봤다.

"증거란 말이죠…… '제2차 세계대전'이라는 명칭은 전후에 붙은 겁니다. 전장에 가지도 않은 사람이 그 이름을 알 리가 없죠. 그러니까 이 글을 당신의 할아버님이 쓴 게 아니라는 것이 명백합니다."

사키치는 입을 꾹 다물었다.

"아마 당신은 대강 들은 실제 편지의 내용을 바탕으로 각색해 썼을 겁니다. 그러니까 무심코 '제2차 세계대전' 같은 단어가 나온 겁니다."

"그렇다고 내가 금고를 훔친 증거는 안 된다. 이만 돌아가겠어."

사키치는 일어나 키요타카에게서 금고를 빼앗으려 했다. 그러나 뒤에 있던 엔쇼가 그 몸을 붙잡아 눌렀다.

"못 도망간다."

"뭐, 뭐고."

발버둥 치는 사키치를 앞에 두고 키요타카는 숨을 한 번 내쉰 후 입을 열었다.

"그러면 아츠코 씨, 나와 주세요."

그 말에 사키치는 "어?"하고 움직임을 멈췄다.

칸막이 뒤에서 타도코로 아츠코가 나왔다. 자잘한 단풍이 아로새겨진 기모노를 입고 있었다.

"······아츠코 작은어머니."

사키치는 붙잡힌 채 얼굴을 일그러뜨렸다.

"오랜만이다, 사키치."

아츠코의 입가는 부드럽게 미소 짓고 있었지만 눈은 웃고 있지 않았다.

"우리 히로키가 신세를 졌다. 프랑스 레스토랑 때는 요리에

벌레를 넣거나 가게 창문을 깨거나 인터넷에 악플을 올리는 등 참말로 여러 가지로."

살짝 웃는 아츠코의 미소는 아름다운만큼 카리스마가 있어서 사키치는 하얗게 질렸고, 코마츠도 몸을 부르르 떨었다.

"사키치 씨, 당신의 할아버님이 남긴 진짜 편지는 아츠코 씨가 가지고 있습니다."

키요타카가 그렇게 말하자 아츠코는 허리띠에서 편지를 꺼내 보였다.

'야스이 모이치 님.

전장으로 가기 전에 이 편지를 자네에게 맡기네.

절친인 자네니까 말하는데, 이 대전(大戰)은 실패했다고 나는 생각하네.

내가 무사히 돌아올 수 있을 것 같지가 않다네.

따라서 이 편지를 자네에게 남기기로 했어.

만약 내가 무사히 돌아오지 못하면 히사코와 아츠코에게 건네주기를 바라네.

히사코, 아츠코. 너희 처지를 딱하게 만든 것을 진심으로 사과한다.

아마 내가 죽어도 너희에게 남겨지는 건 거의 없을 거다.

그래서 이것만은 줘야겠다 싶어 지하실 땅속 깊이 너희에게 줄 것을 남겨놓았다.

암호문도 동봉한다. 나와 수수께끼풀이 놀이를 많이 했던 아츠코라면 해독할 수 있을 거다.

부디 남은 인생에 도움이 되기를 바란다.

주의해줬으면 하는 것은, 그 금고는 장인에게 특수 주문 제작한 물건이다.

무리하게 열려고 하거나 암호를 세 번 이상 틀리면 안에 든 것이 파괴되게 설정되어 있다. 너희 이외의 사람에게 넘어갈 것 같으면 가치를 없애는 편이 낫기 때문이다.

행복하기를 진심으로 기도하마.'

"이것이 실제 편지입니다."

키요타카가 날카로운 눈빛으로 응시하자 사키치는 눈을 크게 떴다.

"이 금고가 당신의 할아버님의 소유물이었던 것은 틀림없습니다. 하지만 당신의 것은 아닙니다. 아츠코 씨 모녀에게 남겨진 것입니다. 그러면 어째서 당신이 가지고 있는가……."

키요타카는 금고를 코마츠의 손에 놓고 일어섰다.

"여러모로 조사하자 한 가지 가설이 떠올랐습니다. 발단은 당신 할아버님의 절친, 야스이 모이치 씨의 죽음입니다. 25년 전 일이라면서요?"

키요타카가 그렇게 묻자 사키치는 넋이 나간 기색으로 어렴
풋이 고개를 끄덕였다.

"아마 타에코 씨는 죽은 아버지의 유품을 정리할 때 이 편
지를 발견했을 겁니다. 당시 타에코 씨는 아츠코 씨와 친한 사
이. 바로 아츠코 씨에게 전해주러 갔다고 생각합니다. 거기서
그녀는 보물뿐만 아니라 '비밀 클럽'도 봐버린 것이 아닐까요?"

그렇게 말하고 키요타카는 아츠코에게 시선을 던졌다.

"……그래. 타에코에게 이 클럽을 보여주고 말았지. 이 가게
를 알고 타에코는 내게 불신감을 품었고 더러운 것이라도 보
는 듯한 눈빛이었어. 그래도 둘이서 마루 아래를 조사해 금고
를 발견했을 때는 기뻐했는데……."

아츠코는 작게 숨을 내쉬었다.

"바로 암호를 해독해 금고를 열었다. 암호는 타에코에게 말
하지 않았지만. 안에 든 보물을 보고 참말로 놀랐다. 가슴이
덜컥 했지. 그건 타에코도 마찬가지였어. 우린 할 말을 잃었어."

"그리고 타에코 씨는 당신의 곁을 떠났군요?"

아츠코는 맞다며 슬픈 눈빛을 보였다.

"타에코 씨는 아마 부러움을 넘어 질투심을 품었을 겁니다."

타에코는 빼어나게 아름답지만 고생만 해온 친구 아츠코를
가엽게 생각했을지도 모른다. 하지만 자신이 몰랐을 뿐 '비밀
클럽'을 운영하고 있었고 부호인 아버지가 멋진 보물까지 남겼

다. 이루 말할 수 없는 시샘이 엄습하면서 더 이상 친구 관계를 유지할 수 없어졌으리라.

"타에코 씨는 자신의 마음을 어쩌지 못하고 아츠코 씨를 떠나 이복 언니이자 사키치 씨의 어머니인 카요코 씨에게 모든 것을 알리고 말죠."

사키치는 아무 말 없이 키요타카를 빤히 보고 있었다.

"시샘도 혼자 품고 있으면 그리 대단하지 않지만 같은 마음을 가진 자를 만나면 때로 '정의'라고 착각하는 경우가 생기는 법입니다. 특히 카요코 씨 입장에서는 자신의 아버지가 정부와 그 자식에게 보물을 남긴 것이니까 용서할 수 없는 마음도 있었겠죠. 카요코 씨와 타에코 씨는 이 금고를 훔치고 그 증거를 은폐하기 위해서 집에 불을 질렀습니다."

엄청난 이야기에 코마츠의 얼굴이 굳어졌다.

"그럼 왜 이제 와서 당신들이 움직이기 시작했을까."

거기까지 키요타카가 말하자 엔쇼가 입을 열었다.

"시효제?"

사키치는 튕겨나가듯이 고개를 돌렸다.

"절도의 시효는 7년이고 방화의 시효는 25년. 그걸 기다렸던 거제?"

"아마 그렇겠죠. 호시탐탐 기다렸는지, 아니면 저지른 죄의 무게를 견딜 수 없었던 건지는 알 수 없지만 25년이 지나자 마음이 가벼워진 것은 확실합니다."

알고는 있었지만 다시금 '시효'라는 말을 듣고 사키치는 마음이 편해졌는지 히죽 웃으며 얼굴을 들었다.

"마, 맞다. 만약 댁이 말한 대로라고 해도 이미 시효는 지났어."

"참고로 어머님이 가지고 있을 금고를 당신이 가지고 있는 건 어째서입니까? 어머님에게 부탁받았습니까?"

"어머니와 타에코 아주머니의 대화를 엿들었지. 지금이라도 잡히지는 않을까 가위에 눌린다고 얘기하고 있어서…… 무슨 소리냐면서 추궁했더니 많은 사실을 알게 됐고. 날짜를 확인해보니 벌써 시효가 지났길래 내가 해독해 열겠다고 했지. 그리고서 다 같이 나누자고 했고."

메마른 웃음을 짓는 사키치를 보고 엔쇼는 그를 누른 상태로 "아이다."하고 어깨를 으쓱거렸다.

"뭐?"

"댁의 어무이가 불을 지른 건 25년 전 10월. 지금은 아직 9월이다. 시효 안 지났다."

"거, 거짓말. 어머니는 정원에 벚꽃이 피어 있었다고 했다…… 그러니까 봄이다."

"유감이지만 아츠코 씨 집 정원에 심어진 벚나무는 불시개화현상이 있어서 가을에 벚꽃이 핍니다. '벚꽃'이라는 말을 듣고 조사도 하지 않고 시효가 다 됐다고 생각한 건 당신의 실수네요."

사키치는 "그럴 리가."하고 고개를 숙였다.

"뭐, 시효 문제는 둘째 치고 암호를 모르면 당신들에게 이건 단순한 쇠 상자이지 않습니까."

키요타카는 코마츠가 들고 있는 금고로 시선을 떨어뜨렸다.

"……그래 그렇다. 그치만 댁들이 해독했다는 말은 허풍이지?"

"아니요, 확실히 알아냈습니다."

키요타카는 후훗, 하고 웃었다.

"그럼 뭔데?"

그렇게 말하며 사키치는 노려보는 듯한 눈으로 응시했다.

"……당신에게는 알려줄 수 없습니다."

키요타카의 대답을 듣고 아츠코는 안심한 얼굴을 보였다.

"그런데 사키치 씨, 카요코 씨, 타에코 씨는 어떻게 할까요? 이대로 경찰을 부를까요?"

그 말에 사키치는 하악, 하고 신음했다. 아츠코는 가만히 입가를 끌어올렸다.

"글쎄. 바로 경찰로 넘기진 않을 거다. 천천히 생각해 봐야지."

"그러는 동안에 시효가 다가옵니데이."

어이없다는 듯이 엔쇼가 어깨를 으쓱거리자 아츠코는 작게 웃었다.

"이 기온은 횡적 유대 관계와 신용이 무엇보다 중요하지. 설령 시효가 돼도 일단 방화범이라는 사실이 알려지면 여기서 못 살지 싶다. 기다리고 있는 건 사회적 죽음이니까. 그래서 나는 당신들이 손에 넣어준 증거를 쥐고 느긋하게 생각해볼란다."

아츠코는 후훗, 하고 웃고 사키치를 봤다.

"사키치."

사키치는 어깨를 움찔 떨었다.

"아, 네."

"히로키는 도쿄의 호텔에서 배운 후 기온에서 프랑스 레스토랑을 열기 위해 뜻을 품고 돌아왔었다. 빚을 지고 길을 잘못 들었지만 본인도 반성하고 있고 그에 대한 변상도 할 거다. 그러니까 힘이 좀 되어주지 않겠니?"

부드럽게 묻는 아츠코에게 사키치는 필사적으로 고개를 세로로 흔들었다.

"그러면 카요코 씨한테도 안부 전해주라."

빙그레 미소 짓는 아츠코. 사키치의 얼굴이 창백해졌다.

"이제 됐나."

엔쇼가 팔을 푼 순간 사키치는 뒤도 돌아보지 않고 도망쳤다.

"허 참."

그런 엔쇼의 말에 코마츠는 "저런저런."하고 쓴웃음을 지었다.

"그런데 형씨, 진짜 암호 알아냈어?"

"네."

"물어봐도 돼?"

그 말에 키요타카는 확인하듯이 아츠코 쪽을 봤다. 아츠코
는 괜찮다며 고개를 끄덕였다.

"야스이 타에코."

키요타카는 그렇게 대답했다.

"야스이 타에코가 어떻다는 거고."

"그러니까 암호입니다. 알파벳 열 자리는 'YASUITAEKO'
입니다."

"무슨 소리야?"

코마츠는 고개를 갸웃거렸다.

"아츠코 씨의 아버님이 준비한 이 암호는 엘가가 드라 페니
에게 건넨 암호문과 똑같습니다. 그 암호문은 지금도 미해독
상태로 남아 있죠. 제가 생각하기에 엘가와 드라밖에 모르는
왕래가 있었던 거 같습니다."

키요타카는 그렇게 말하며 테이블 위에 금고를 놓았다.

"그 드라 페니는 엘가의 친구의 딸입니다. 아츠코 씨의 아버
님은 절친인 야스이 모이치 씨에게 이 편지를 남겼습니다. 그
것을 생각하면 알파벳 열 자리는 저절로 알 수 있지 않나요?"

"친구 딸의 이름…… 즉 타에코 씨……인가."

코마츠는 "그렇군."하고 중얼거렸다.

"돌아가신 아버지는 우리한테 아무것도 남겨주지 않았지. 존재를 계속 부정당한 기분이어서 이 편지를 봤을 때는 참말로 기뻤다······."

아츠코는 그렇게 말하고 금고로 눈길을 떨어뜨렸다.

키요타카는 장갑을 낀 손으로 조심스럽게 알파벳을 맞춰갔다. 'YASUITAEKO'라고 맞춘 순간 찰칵, 하고 소리가 나며 금고가 열렸다.

안에 있던 보물을 보고 코마츠는 오오, 하고 중얼거렸다. 엔쇼는 꿀꺽 소리를 냈다.

"이거 참말로 대단하데이."

"그러네요. 상당하리라고 생각은 했지만 상상 그 이상이었습니다."

키요타카는 안에 든 보물을 보고 이해가 간다는 듯이 고개를 세로로 크게 흔들었다.

그곳에는 20캐럿은 될 듯한 굵은 블루 다이아몬드가 있었다. 옛날 것이지만 감정서도 함께 있었다.

"전쟁 전에 교토의 보석상으로 유명했던 당신의 아버님이 남겨야겠다고 생각했던 보물인 거군요."

"맞다. 절대로 누구에게도 넘겨주고 싶지 않겠데이."

"어, 얼마나 하지?"

코마츠는 몸을 부들부들 떨며 키요타카를 올려다봤다.

"이 크기의 일반 다이아몬드가 2억 정도 하는데 희소가치가 높은 블루 다이아몬드니까요. 어느 정도 할지……."

키요타카는 고개를 살며시 갸웃거렸다.

"이정도면 불을 질러서라도 가지고 싶겠네."

엔쇼는 큭큭 웃었다.

"그래. 나도 타에코도 압도되었었지. 겁이 날 정도였지……."

아츠코는 블루 다이아몬드를 들고 빤히 바라봤다.

"아버지가 남겨준 단 하나의 보물…… 내심 기뻤지만 이런 거창한 게 아니라도 괜찮았는데."

아츠코는 휴우, 하고 한숨을 내쉬고 다시 금고의 뚜껑을 닫았다. 모든 것이 충족된 듯한 부드러운 표정을 띠고 있었다.

"탐정님, 일을 하나 의뢰해도 될까?"

아츠코는 부드럽게 물었다. 코마츠는 즉시 표정을 바로 하고 키요타카처럼 가슴에 손을 얹었다.

"무엇이든 말씀하시죠."

"이 물건을 다시 보석 감정하는 곳에 가져가서 은행 금고에 맡기고 싶은데. 보디가드를 해줬으면 하는데? 당신에게 부탁하고 싶어."

아츠코는 그렇게 말하고 엔쇼를 응시했다. 분명 키요타카가 지명될 거라고 생각했는지 엔쇼는 놀란 표정을 보였다.

"내 말인교?"

"그래, 당신이 제일 강해 보여서."

"그거 영광입니더."

활짝 웃는 엔쇼를 보고 키요타카는 마음에 들지 않는다는 듯이 어깨를 으쓱거렸다.

"그럼 엔쇼. 아츠코 씨를 확실하게 경호해드려."

코마츠의 말에 "쉬운 일이데이."라고 대답하면서 엔쇼는 기지개를 켰다.

"그럼 갈까예?"

금고를 보자기에 싸고 일어선 아츠코에게 키요타카가 "아, 참."하고 손을 뻗었다.

"그렇지, 죄송하지만 부인의 불륜을 의심했던 의뢰인에게 당신의 비밀 클럽에 대해 알렸습니다."

그러자 아츠코는 가만히 어깨를 으쓱거렸다.

"그야 의뢰였으니 어쩔 수 없지. 그런데 소동이 벌어질까?"

"아니요, 그런 일은 없을 것 같습니다. 아츠코 씨가 말씀하신 대로 불법적인 일은 하지 않았고, 의뢰인인 남편분도 놀랐지만 불륜이 아니라면 괜찮다고 했으니까요."

"그거 다행이네."

아츠코는 그렇게 말하고 미소 지었다.

"참말로 고맙네."

그리고 엔쇼와 함께 사무소를 나섰다.

$$* * *$$

두 사람의 모습이 사라지자마자 코마츠는 "하아아아."하고 등받이에 몸을 맡겼다.

"설마 그런 엄청난 게 들어 있을 줄은 몰랐어."

키요타카는 이에 동의했다.

"그만한 물건이니까 사람의 피가 흐르지 않았던 것이 행운일 정도일지도 모르겠네요."

진지한 키요타카의 말에 코마츠는 굳은 표정을 띠었다.

"고가의 물건에 익숙한 형씨가 그렇게까지 말하다니…… 진짜 엄청난 보물이었구나. 뭐, 다이아몬드니까."

"네, 특히 희소가치가 높은 블루입니다. 무심코 '호프 다이아몬드'를 연상하고 말았네요."

"호프 다이아몬드."

"사람의 인생을 파괴해 죽음에 이르게 했다는 사정 복잡한 블루 다이아몬드입니다."

코마츠는 아아, 하고 맞장구를 쳤다. 들어본 적 있는 이야기다.

루이 14세나 마리 앙투아네트가 가지고 있었다는 블루 다이아몬드. 주인을 잇달아 불행하게 만들었고, 지금은 스미소니언 박물관에 소장되어 있다.

"이번 블루 다이아몬드도 주인이 전장에서 죽었고, 다음 주인은 화재를 겪었으니 꽤나 대단하군. 아츠코 씨도 저 상자를 열지 않았으면 절친과 사이좋게 지냈을지도……."

키요타카는 "그러네요."라고 대답하고 완전히 식은 커피를 입으로 가져갔다.

"그렇게 생각하면 마치 저 금고는 '판도라의 상자' 같네요."

그리스 신화에 나오는 이야기다.

이 상자를 결코 열어서는 안 된다는 말을 들은 판도라는 '분명 대단한 보물이 들어 있을 거야. 잠깐 들여다보는 건 괜찮겠지'라는 생각에 호기심을 참지 못하고 상자를 열고 말았다. 그러자 슬픔, 원망, 질병, 죽음, 절도, 배신, 불안, 다툼, 후회와 같은 재앙들이 나타나게 되었다. 듣고 보니 이 금고는 그야말로 판도라의 상자 같다.

"아츠코 씨, 괜찮을까……."

코마츠는 얼굴을 찌푸렸다.

"뭐, 돈도 돌도 미술품도 파워 밸런스니까요."

"무슨 소리야?"

"'보석은 주인을 고른다'는 말도 있는데, 결국 그 보석이 가진 파워를 주인이 이길 수 있느냐 없느냐에 달렸습니다. 지면 무너지지만, 지지 않으면 최고의 파트너가 된다는 뜻입니다. 아츠코 씨는 저 돌의 힘에 한 번 졌을지도 모르지만 이제는 어쩌면 다를지도 모르죠."

코마츠도 "파워 밸런스란 말이지."라고 말하며 커피를 입으로 가져갔다.

"왠지 무서운 얘기로군."

"그러네요."

"판도라의 상자라……. 그런데 잘 생각해보면 무서운 게 든 상자를 연 건 인간이니까 역시 보석보다 사람이 무서워."

코마츠가 숨을 내뱉으며 말하자 키요타카는 풋, 하고 웃었다.

"그러네요. 이 세상에서 무엇보다 무서운 건 사람일지도 모르겠네요."

키요타카는 먼 곳을 보는 듯한 눈빛으로 중얼거렸다.

"그래서 지금 세상은 재앙으로 가득 차 있다는 거잖아?"

코마츠가 어깨를 으쓱거리자 키요타카는 후훗, 하고 웃었다.

"하지만 상자 바닥에 그대로 남아 있던 것도 있습니다."

판도라의 상자 바닥에 남아 있던 것.

……그것은 희망.

"아츠코 씨가 행복해지고 아들인 히로키도 마음을 고쳐먹으면 좋겠어."

코마츠가 혼잣말처럼 중얼거리자 키요타카는 고개를 끄덕였다. 그것은 일련의 연결을 풀고 과거의 사건을 해결한 조용한 오후.

장편 『신비한 시간』

* * *

금요일 오후, 홈즈는 멍하니 넋이 나간 모습이었다. 책상에서 턱을 괸 채 허공을 바라보고 있었다.

코마츠는 "형씨도 피곤하겠지."라고 작은 목소리로 중얼거리고 부드러운 눈빛을 키요타카에게 보냈다.

'피곤한 정도로 이 남자가 이렇게 될까?'

엔쇼는 그렇게 생각하며 팔짱을 꼈다.

홈즈가 이렇게 이상해지는 원인은 하나밖에 없다.

"아오이 씨랑 무슨 일 있었노?"

엔쇼가 가만히 묻자 적중했는지 홈즈는 책상에 푹 엎드렸다.

"형씨, 괜찮아?"

"괜찮습니다."

코마츠가 걱정하자 홈즈는 고개를 벌떡 들고 다시 턱을 괴었다.

"싸움이라도 했나?"

엔쇼는 지금 자신이 그를 걱정하고 있는 건지, 그녀와 싸웠길 바라는 건지 스스로도 알 수 없었다. 두 사람의 사이가 잘되는 건 배 아프지만, 그렇다고 헤어지는 것도 아니라고 여기기 때문이다.

"실은⋯⋯ 갑작스럽지만 아오이 씨가 9월 연휴를 이용해 3박 5일로 뉴욕에 가게 됐습니다."

홈즈가 그렇게 말하자 엔쇼가 "뭐?"하고 뒤집어진 목소리를 냈다.

"그거 참말로 갑작스러운 얘기데이. 아오이 씨 혼자서?"

홈즈는 "아니요."하고 고개를 저었다.

"전에 사이토 저택에서 같이 있었던 후지와라 케이코 씨라는 큐레이터를 기억하나요?"

과거 리큐의 할아버지 집에서 홈즈와 진위 판정 승부를 한 적이 있다. 그때 있었던, 올림 머리를 한 삼십대 여자다.

"아아, 여우 같은 여자 말이제?"

키요타카는 "여우라니요."라며 쓴웃음을 지었다.

"그녀의 스승은 셜리 배리모어라는 세계적 권위를 가진 여성인데요, 셜리가 전에 세계적 권위를 가진 남성 큐레이터에게 큰 모욕을 당했다고 합니다."

"모욕이라꼬?"

"이 세계에 여성은 필요 없다고 했다더군요."

이야기를 들으면서 코마츠는 "우오오."하고 자신의 몸을 끌어안았다.

"그거 내 아내도 격노할 만한 말일세."

"네, 화를 내는 건 당연하고 셜리는 크게 분노했다고 하네요. 그래서 전 세계에 있는 '여성 큐레이터 지망생'을 자신의 살롱에 초대해 강연회를 열거나 뉴욕에 있는 미술관의 순례를 하고 싶다고 의견을 제시했대요."

"좋은 얘기구먼."

무심코 엔쇼의 입에서 그런 말이 튀어나왔다. 남자라서 안 되겠지만 자신이 참가하고 싶을 정도였다.

"네, 정말로요. 셜리는 자신의 제자들에게 '너희가 장래성 있다고 생각하는 자기 나라 여성 큐레이터 지망생을 데리고 와라.'라고 했다 합니다. 그 지시를 받은 케이코 씨는 맨 먼저 아오이 씨를 떠올렸다고 하네요."

엔쇼는 "그렇구먼."하고 팔짱을 꼈다.

그때 아오이는 사이토 저택에서 라쿠 다완의 도공을 잇달아 맞혔다고 한다. 장래성 있는 여성 큐레이터 지망생이라는 말을 듣고 아오이의 모습이 떠오르는 것은 자연스러운 일이리라.

"케이코 씨는 요시에 씨와도 친분이 있어서 요시에 씨를 통해 아오이 씨에게 그 이야기를 전했다고 합니다. 아오이 씨는 꼭 가고 싶다며 승낙했고요. 그런 이유로 요시에 씨와 함께 뉴욕에 가게 됐습니다."

홈즈는 그렇게 말하고 휴우, 하고 한숨을 쉬었다.

"와 그렇게 내키지 않는 얼굴이가. 해외에 가는 게 걱정이가?"

"그것도 물론 그렇지만, 이번 제안은 연휴를 이용하는 겁니다. 저도 동행하고 싶다고 생각했어요. 물론 남자가 금지된 강의나 미술관 순례에 따라갈 생각은 없었습니다만……. 그랬더니 아오이 씨가 '이번에는 홈즈 씨와 동행하지 않고 혼자서 도전하고 싶어요.'라고 해서……."

홈즈는 고개를 푹 숙였다. 엔쇼는 자기도 모르게 웃음을 터뜨리고 말았다.

"그야 보호자 자격으로는 함께 가고 싶지 않겠제."

"……그런 거겠죠. 보호자 같은 음울한 남자친구라서 정말 미안하네요."

홈즈는 우웃, 하고 신음하고 그대로 책상에 엎드렸다.

엔쇼는 웃으면서도 아오이의 마음을 조금은 알 것 같았다.

홈즈의 가르침을 착실하게 흡수한 지금, 새로운 무대에는 가능하면 자기 혼자서 도전하고 싶었던 것이리라. 그것은 홈즈라는 후원자 없이 도전해보고 싶다는 생각해서 나온 말이었을 뿐, 음울해할 일은 아니다.

역시 홈즈와 아오이는 연인 사이인 동시에 스승과 제자 사이인 것이리라.

잠시 침울한 모습을 보이던 홈즈였지만, 잠시 후 "그렇지." 하고 얼굴을 들었다.

"내일 다시 아오이 씨에게 칠보 공예 강의를 하게 됐습니다.

듣자하니 자국이 자랑하는 미술품이라는 주제로 리포트도 제출해야 한다고 해서 아오이 씨는 칠보 공예를 골랐다더군요. 혹시 괜찮다면 당신도 오지 않겠습니까?"

홈즈가 그렇게 묻자 엔쇼는 꿀꺽 소리를 냈다.

"……그렇군, 모처럼이니."

꼭 가고 싶다고 생각하지만 그만 쌀쌀맞게 대답하고 말았다.

"그러면 오후 2시에 오세요."

그렇게 말하는 홈즈에게 엔쇼는 "알았데이."하고 한 손을 들었다.

* * *

그리고 다음 날.

엔쇼는 테라마치 산조의 골동품점 쿠라로 향하고 있었다.

속절없이 가슴이 뛰고 있는 것은 아오이를 만날 수 있기 때문만이 아니라 역시 그 남자의 입에서 나오는 고미술 강의에 매력을 느끼고 있기 때문이리라. 인정하고 싶지 않다, 분하다, 그런 감정 이상으로 그 남자의 가르침을 원하고 있는 것이다.

가게 앞까지 오자 나미카와 야스유키의 화병이 장식되어 있는 모습이 눈에 띄었다. 키요미즈 산넨자카 미술관에서도 했던 것처럼 창문 근처에 큰 확대경을 놓아서 작은 화병에 펼쳐진 최고급 기법을 볼 수 있도록 했다.

"이게 말했던 거구먼."

아오이가 전시한 것이다. 발걸음을 멈추고 들여다봤다.

나미카와 야스유키 본인이나 작품에 대한 설명서도 있어서 처음 본 사람도 알기 쉽게 흥미를 끄는 전시로 꾸며져 있었다. 이것은 원래 이 세계에 몸담고 있지 않았던 아오이이기 때문에 할 수 있는 배려이리라.

조금 아쉬운 것은 여기에 나미카와 소스케의 전시가 없다는 점. 동서의 라이벌이자 일본을 대표하는 칠보 공예 작가의 작품이 나란히 있다면 틀림없이 더욱 흥미를 끌었을 것이다.

아니, 아마 이것은 주관적인 생각일 것이다. 홈즈에게 나미카와 소스케의 이야기를 듣고 나서 자신과 겹쳐보고 말았다. 나미카와 야스유키의 작품을 만나 강하게 매료되어 그 길로 나아가면서도 나미카와 야스유키를 뛰어넘고 싶어서 방법을 계속 모색한 나미카와 소스케……. 홈즈를 만나 감정사의 길로 나아가기로 결심한 자신과 같았다.

한숨을 내쉬고 전시물에서 얼굴을 뗐다. 긴장을 살짝 느끼면서 쿠라의 문을 여니 카운터에 있던 아오이가 "어머."하고 웃음을 지어 보였다.

"엔쇼 씨, 어서 오세요."

예상은 했지만 아오이는 미리 가게에 나와 있었다.

가슴이 더 두근거릴 줄 알았지만 자신이 생각했던 것보다 침착했다. 떨어져 있으면 머릿속에서 아오이는 항상 눈부시게 빛나고 있었지만, 이렇게 만나보면 귀엽기는 하지만 역시 어디에나 있는 평범한 여자아이였다.

홈즈처럼 강렬한 개성을 가진 것도 아니다. 누구나 돌아볼 듯한 미인도 아니고 발군의 몸매를 가진 것도 아니다. 생글생글 웃으면서 자세를 바르게 하려고 주의하는 정숙한 소녀다. 이제 성인이니까 소녀라고는 할 수 없을지도 모르지만…….

이렇게 느끼는 것은 자신의 마음이 상당히 진정되었기 때문일지도 모르겠다. 그저 일시적인 흔들림이었던 걸까?

카운터 앞 의자를 가리키는 아오이에게 엔쇼는 고개를 끄덕였다.

"지금 2층에서 고미술품을 체크하고 있으니 바로 내려올 거예요. 오늘은 엔쇼 씨도 여기서 공부 모임을 하는 거죠?"

"하모. 잘 부탁한데이."

의자에 앉자 아오이는 바로 뒤에 있는 탕비실로 향했다. 아마 커피 준비를 하려는 것이리라.

"신경 안 써도 된다."

"아니에요, 곧 오실 것 같아서 커피를 준비해뒀어요."

아오이는 바로 유리 포트에 들어 있는 커피를 도기 컵에 부어 카운터 앞에 놓았다. 진한 향기가 가득한 가운데 엔쇼는 느긋하게 커피를 입으로 가져갔다.

"고맙데이, 맛있네."

아오이가 탄 커피를 마셔도 마음은 잠잠했다. 어쩌면 그녀에 대한 감정에서 완전히 졸업했을지도 모른다.

"다행이다. 홈즈 씨처럼 맛있게 탈 수 있도록 노력하고 있어요."

아오이는 그렇게 말하고 수줍어했다.

'엄청 귀엽다 아이가.'

순간, 엔쇼는 자신도 모르게 머리를 감쌌다.

졸업했다고 생각했는데 전혀 아니었다. 조금 부끄러운 듯이 웃는 그 느낌이 못 견디게 귀여웠다.

'아니, 하지만 냉정해져야지……'

엔쇼는 얼굴을 들고 다시 커피를 마셨다.

방금 전 마셨을 때보다 맛있게 느껴지는 것은 정신적인 문제 때문이리라. 홈즈나 리큐를 보고 단순한 녀석들이라며 비웃어왔는데, 이렇게 되면 자신도 같은 부류에 불과하다.

엔쇼는 마음을 다잡고 아오이를 봤다.

"이번에 뉴욕에 간다대?"

그렇게 묻자 아오이는 볼을 붉히며 고개를 끄덕였다. 기쁜 기색이었다.

"실은 처음 해외에 나가요……."

"그라믄 조심하래이. 일본에서 하던 식으로 지내면 큰 코다친다."

"홈즈 씨도 같은 말을 했어요."

키득키득 웃는 아오이를 보고 겸연쩍어져서 화제를 바꿨다.

"아오이 씨와 홈즈 씨는 토요일 일요일에도 가게를 보제?"

"그러네요."

"데이트는 안 하노?"

문득 떠오른 의문을 던졌다.

"……그러, 네요. 하지만 점장님이 계실 때는 둘이서 미술관이나 박물관에 가고요. 개점 전 이른 시간에 강변을 산책하거나 해요."

"미술관에 산책이라……."

"즐겁답니다. 가게에서는 시간이 있으면 고미술에 대해 가르쳐주고요."

아오이는 아주 기쁜 기색으로 가슴 앞에서 손을 모았다. 공부 삼매경이 즐거운 듯했다.

하지만 이 두 사람, 연인으로서는 어떨지. 성인 남녀가 고미술 공부만 하지는 않으리라. 어딘가에서 함께 묵고 오는 것일까.

"홈즈 씨랑 또 여행 간 적은 없나?"

"안 갔어요. 홈즈 씨는 바쁜 걸요. 데이트도 좀처럼 할 수 없는 정도라서……."

"그렇구먼."

그만 얼굴이 풀어졌다.

두 사람이 헤어지기를 바라지는 않지만 지나치게 러브러브한 것도 짜증난다. 아마 관계도 거의 진전되지 못했을 것이다.

꼴좋다는 생각이 들었다. 두 사람 관계가 더 가까워졌지만 금욕 생활을 면치 못하고 있으니 홈즈도 괴로울 것이다.

'이렇게 귀여운 여자친구와 있으면 어떤 의미에서는 고문이겠제.'

참고로 '이렇게 귀여운 여자친구'라는 말에 자신의 욕심이 들어가 있는 것은 충분히 알고 있지만……. 처음에는 홈즈의 여자친구가 아오이라는 것을 알고 너무 평범해서 어울리지 않는다며 실망했을 정도였다.

과거를 돌이켜보고 엔쇼는 복잡한 기분이 들었다. 그러고 보니 아오이는 저렇게 돋보이는 남자를 남자친구로 두고서 걱정한 적은 없을까? 홈즈가 바람을 피운다고는 생각하지는 않지만 여자들에게 인기가 있는 건 확실하리라.

문득 전에 갔던 바가지 클럽에서 키요타카가 여성을 다루는 모습을 떠올린 엔쇼는 턱에 괴고 아오이를 봤다.

"……이보래이, 아오이 씨."

"네?"

"만약 홈즈 씨가 바람을 피우면 어쩔 거고?"

호기심이 일어서 문득 그런 질문을 해봤다. 하지만 스무 살이라고는 생각할 수 없을 만큼 포용력을 가진 그녀다.

'홈즈 씨만큼은 바람을 피우지 않아요.'

'믿고 있으니까요.'

이런 자신만만한 대답을 할 것 같기도 하다.

"홈즈 씨가 바람이요?"

아오이는 나직하게 중얼거리더니 그 모습을 생생하게 상상했는지 아랫입술을 꽉 깨물었다.

"그런 건…… 절대 싫어요."

그렇게 말하고 아오이는 코끝을 붉히며 눈물을 글썽였다.

"……!"

그 모습에 가슴이 꿰뚫리는 것 같았다.

"아아, 벌써 와 있었네요."

그때 홈즈가 계단에서 내려와 손에 들고 있는 나무 상자를 테이블에 놓았다. 그 얼굴을 보자마자 엔쇼는 힘차게 일어섰다.

"어이 너, 바람피우면 안 된다! 절대 용서 못 한데이!"

그렇게 목소리를 높이자 홈즈는 불쾌한 듯이 미간을 찌푸렸다.

"바람을 피울 생각은 털끝만큼도 없습니다. 하지만 당신한테 그런 말을 듣다니 의외네요."

홈즈는 그렇게 말하고 어깨를 으쓱거린 후 아오이의 눈시울이 촉촉해진 것을 깨닫고 안색을 바꿨다.

"아, 아오이 씨, 눈물을 글썽이다니 무슨 일이에요? 설마 엔쇼가 무슨 짓을 했나요?"

순식간에 분노가 담긴 눈빛을 보내는 홈즈에게 자신도 모르게 압도당했다.

하지만 내가 질쏘냐며 엔쇼는 카운터를 두드렸다.

"아이다, 아오이 씨를 울린 건 니데이!"

"네? 제가 대체 무슨 짓을 했다는 겁니까?"

"외모가 그렇게 음울하니까 그런 거데이."

"건방진 외모를 한 당신한테 듣고 싶지 않네요."

"건방진 건 뭐고."

서로 얼굴을 맞대고 노려보고 있는데 옆에서 아오이의 눈이 이리저리 움직였다.

"······호, 홈즈 씨도 엔쇼 씨도 영문 모를 일로 싸우지 좀 마세요!"

그렇게 소리를 질렀다.

"네!"

즉시 입을 모아 대답하며 미소 짓는 키요타카와 엔쇼를 보고 아오이는 "어?"하고 놀란 듯이 눈을 깜빡였다.

"······뭐야, 둘이 저를 놀리고 있었던 거죠?"

아오이는 살짝 화가 나고 분한 듯이 말했다.

'······안 되겠다, 귀엽데이.'

저도 모르게 얼굴을 돌리니, 홈즈도 마찬가지로 얼굴을 돌리고 입에 손을 대고 있었다.

'뭐, 생각하는 건 똑같구먼.'

"그보다 홈즈 씨, 있었어요?"

마음을 다잡은 듯이 아오이가 밝게 묻자 홈즈는 있었다며 테이블 위에 놓인 나무 상자를 열고 안에서 화병을 꺼냈다.

"나미가와 소스케……."

조용히 중얼거린 내게 홈즈는 "맞아요."하고 고개를 끄덕였다.

"우리 가게에도 있었던 것 같아서 발굴해왔습니다."

"여기는 참말로 보물창고구먼."

차분하게 말하고 그 물건, 나미카와 소스케가 만든 화조도 화병을 응시했다.

크기는 27센티미터가 채 되지 않았다. 부드러운 몸체가 있는 화병이고 흰 바탕에 오리 한 쌍이 그려져 있었다. 나미카와 소스케의 독특한 무선 칠보는 역시 사실적이고 부드러운 터치를 보이고 있었다.

아오이는 눈을 반짝거리며 화병에 얼굴을 갖다 댔다.

"서쪽의 나미카와 야스유키, 동쪽의 나미카와 소스케네요."

"그래요."

"나중에 이 작품도 전시해도 될까요?"

바로 그렇게 묻는 아오이를 보자 어쩐지 엔쇼까지 즐거워졌다.

"네, 물론이에요."

홈즈도 기쁜 기색이었다.

"아오이 씨, 옛날에 동쪽과 서쪽의 나미카와가 대결한 얘기는 아나?"

엔쇼가 그렇게 묻자 아오이는 고개를 끄덕였다.

"영빈관 벽에 장식할 작품의 자리를 둘러싸고 싸웠다던데요."

"맞다."

엔쇼도 키요미즈 산넨자카 미술관에 가고 나서 '두 나미카와'에 대해 여러모로 조사했다.

도구고쇼(현 영빈관 아카사카 이궁)의 '화조의 방'의 벽면에 칠보 작품을 장식하는 계획이 나왔을 때 궁내성에서는 나미카와 야스유키와 나미카와 소스케 중 어느 쪽의 작품을 장식할지 검토했다고 한다.

"결과 선택된 것은 나미카와 소스케였죠."

아오이는 작품으로 눈길을 떨어뜨리면서 대답했다.

이때 나미카와 소스케의 기분은 어땠을까. 동경의 대상이자 마음의 스승, 라이벌이었던 나미카와 야스유키에게 이긴 것이다.

"나미카와 소스케가 선택된 것은 무선 칠보 작품의 분위기가 '화조의 방'의 분위기와 맞는다는 이유였다고 하니, 어느 쪽이 더 뛰어났다는 이야기는 아니지만요."

그렇게 덧붙인 홈즈. 마치 자신의 승리에 훼방을 놓은 듯해 마음에 들지 않아서 엔쇼는 무심코 홈즈를 노려봤다.

하지만 홈즈는 아오이 쪽만 보고 있어서 엔쇼의 시선은 눈치채지 못했다. 아니, 눈치채고 있을지도 모르지만 무시했다.

한편 아오이는 마치 집어삼킬 듯이 나미카와 소스케의 화병을 응시하고 있었다.

"아오이 씨는 동쪽과 서쪽의 나미카와 중 어느 쪽이 좋노?"

"둘 다 정말 좋아요."

망설임 없이 선뜻 나온 아오이의 대답에 엔쇼는 당황했다.

"굳이 고르자면?"

아오이는 으음, 하고 신음하며 고개를 갸웃거렸다.

"모르겠어요. 둘 다 우열을 가리기 힘든 매력적인 작가라고 생각하고요……. 만약 제가 어딘가의 심사위원이었다면, 영빈관의 '화조의 방'과 어울려서 나미카와 소스케의 작품이 선택 됐듯 그때의 상황과 기분에 따라 고를 것 같아요. 하지만 그렇지 않으니 고를 필요는 없네요."

그렇게 말하고 아오이는 부드럽게 미소 지었다.

엔쇼는 아오이의 말에 압도되어 자신도 모르게 입을 다물었다.

"홈즈 씨, 나미카와 소스케와 칠보 공예에 대해 가르쳐주세요."

눈을 반짝이며 몸을 내미는 아오이에게 홈즈는 "그래요." 하고 눈을 활처럼 가늘게 뜨며 설명을 시작했다.

"알지도 모르겠지만, 나미카와 소스케는 메이지 29년에 우수한 기술을 인정받아 '제실기예원'에 임명되었습니다. 칠보 분야에서 제실기예원에 임명된 것은 나미카와 소스케와 나미카와 야스유키 두 사람뿐입니다. 그래서 '동쪽의 나미카와 소스케, 서쪽의 나미카와 야스유키'라고 불리게 되었습니다."

평소처럼 설명을 시작하는 홈즈. 아오이는 바로 주머니에서 수첩을 꺼내 메모해갔다. 그런 아오이를 따라서 엔쇼도 스마트폰을 꺼내 메모 기능에 요점을 입력하기 시작했다.

이야기를 들으면서 아까 아오이가 한 말을 되새겼다.

"……그렇제. 참말로 그렇다."

경쟁할 필요는 없다. 자신은 자신의 길을 나아가면 되는 것이다. 나미카와 소스케가 유선 칠보가 아니라 무선 칠보의 길을 선택한 것은 어쩌면 그런 마음도 있었기 때문일지도 모른다.

나도 홈즈가 되자고, 뛰어넘자고 생각하지 않아도 되는 것이다.

그렇게 생각하자 갑자기 가슴이 후련해졌다. 배우고 있는데 놀고 있는 것처럼 즐겁다. 이 공간은 답답한데 기분이 좋다.

쿠라에서 가진 공부 모임이 그렇게 신비한 느낌을 주는 한 때였다.

에필로그

골동품점 쿠라에서 홈즈 씨에게 칠보 공예 강의를 받은 것은 지금으로부터 한 시간 전의 일.

코마츠 씨에게 연락이 와서 홈즈 씨와 엔쇼 씨는 쿠라를 떠났다.

듣자하니 새로운 의뢰가 들어왔다나. 코마츠 탐정 사무소는 상당히 성황인 듯했다.

나는 나미카와 소스케의 화병을 신중하게 들어 전시했다. 바로 조금 전 한 시간 동안에 만든 설명서도 함께 놓았다.

'두 나미카와, 동쪽의 나미카와 소스케, 서쪽의 나미카와 야스유키. 칠보 분야에서 제실기예원에 임명된 것은 나키마와 소스케와 나미카와 야스유키 두 사람뿐이고, 두 사람 모두 일본을 대표하는 칠보 공예 작가이다'

이미 아는 내용이지만 홈즈 씨가 가르쳐주면 내게 흡수되는 비율이 다른지 설명서에도 자연히 열기가 담기게 된다. 꽤나 좋은 상태로 전시할 수 있었던 것이 기뻐서 뺨이 누그러들었다.

이 기세로 뉴욕에 가져갈 리포트를 쓰는 것도 좋을지도 모르겠다. 뉴욕에 가는 것을 생각하자 갑자기 가슴이 두근거리기 시작했다.

내가 세계적 권위자인 큐레이터의 가르침을 들을 수 있다니, 꿈만 같다.

그렇다고 영어에 자신이 있지는 않지만······.

갈 때까지 영어 공부도 열심히 해야지······.

이런저런 생각들을 하고 있는데 딸랑딸랑, 하고 도어벨이 울렸다.

"어서 오세요."

고개를 돌린 나는 놀라서 말문이 막혔다.

긴 검은 머리에 하얀 피부, 치켜 올라간 또렷한 눈을 가진 아주 아름다운 여성이 그곳에 있었다.

"오랜만이에요, 아오이 씨."

나는 어색하게 웃으면서 "아, 네."하고 인사했다.

그녀의 이름은 지우 이린.

규슈의 호화 침대 열차, '일곱 개의 별'에서 만난 중국인 여성으로, 대부호의 딸이다.

그때 함께 했던 이가 아마미야 시로, 바뀐 이름은 키쿠카와 시로였기 때문에 그만 경계했지만, 생각해보니 그녀 자신은 멋진 사람이었다.

'어쨌든 요네야마 씨의 족자를 돌려줬으니까······.'

"갑자기 찾아와서 미안해요. 테라마치 산조의 홈즈 씨는 있나요?"

"홈즈 씨에게 용무가 있으신가요?"

"네, 실은 그에게 일을 부탁하고 싶어서 찾아왔어요."

이린은 여전히 유창한 일본어로 말하고 싱긋 미소 지었다.

"⋯⋯일?"

나는 당황하면서 눈앞에 나타난 이린을 마주 바라봤다.

뉴욕행이 결정된 지금, 이 중국인 여성이 가게에 찾아왔다.

그것은 이제부터 큰일이 일어날 전조 같아서 왠지 가슴이 두근거렸다.

어떤 일이 일어나는지, 그것은 다음 이야기⋯⋯.

작가의 말

시리즈가 빠르게 진행되어, 정신을 차리고 보니 12권. 6.5권을 포함해 열세 권째.

늘 애독해주셔서 감사합니다. 모치즈키 마이입니다.

이번 회는 탐정이 주제라 하드보일드를 지향했지만, 무대가 기온이라서 그런지 분위기가 밝고 화려해졌습니다. 하드보일드가 아니라 소프트보일드라고 해야 할까요.

참고로 하드보일드란 원래 '완숙 달걀'을 뜻하지만 문학에서는 굳은 의지, 강인한 정신과 육체, 그런 인간성에서 만들어지는 이야기를 가리킨다고 합니다. 그렇다면 소프트보일드는 '반숙 달걀', 부드럽고 부서지기 쉽고 위태롭지만 맛은 있다고 해야 할까요?

그야말로 미숙한 키요타카답지 않나요?

개인적으로는 완숙 달걀보다 반숙 달걀을 좋아해서 소프트보일드라서 다행이라고 생각하고 있습니다.

……죄송합니다, 구차한 변명입니다.

이번에는 기온이 무대여서 졸저 『우리 집은 기온의 기도사』의 '사쿠라안'이 은근슬쩍 등장하거나 카모 레이토가 게스트로 출연했습니다. 모르는 분이 보셔도 문제없다고 생각하고, 아는 분은 히죽 웃어주시면 기쁘겠습니다.

그 『우리 집은 기온의 기도사』에도 기온 거리를 쓰고 있었지만 『교토탐정 홈즈』에서 쓰니 또 다른 경치가 보이기 시작해서 신기했습니다.

키요타카, 엔쇼, 코마츠라는 전혀 다른 세 사람이 같은 사무소에서 탐정 일을 하면 어떤 일이 벌어질까 걱정했지만 개성 넘치는 트리오라서 쓰면서 즐거웠습니다.

이번 권도 이 자리를 빌려 감사 인사를 드리겠습니다.

저와 본 작품을 둘러싼 모든 인연에 진심으로 감사의 말씀을 올립니다.

또한 마지막에 실린 장편은 2018년 가을, 교토 조요시에서 열린 강연회에 와주신 분들께 나눠드린 특전입니다.

교토보다 유서 깊은 교토 남부 지방 조요시(옛지명 야마시로)를 무대로 한 이야기입니다.

모처럼 썼으니 본편에도 싣고 싶었습니다.

부디 잘 부탁드립니다.

모치즈키 마이

장편 『추억의 땅에서……』

* * *

"여기예요."

홈즈 씨는 주차장에 차를 세우고 아주 스마트하게 조수석 문을 열어주었다.

나는 고마워하며 차에서 내려 그와 함께 고교 쪽으로 향했다.

예스러운 돌 토리이. 이곳은 두 번째 토리이로, 언덕길 아래에 첫 번째 토리이가 있다고 한다. 고교의 중심에는 '미토 신사'라는 글자가 있다.

그렇다, 이곳은 교토 조요시에 자리 잡고 있는 '미토 신사'다.

토리이 저편에는 계단이 이어져 있었다. 소나무 가로수에 둘러싸여 마치 산속 신사처럼 조용하고 엄숙한 분위기였다.

"주택가에 있는데 이곳만 다른 세상 같네요."

"네, 이곳은 시 중심부에서 비교적 가까운 곳에 위치하고 있는데 자연 환경을 보유하고 있어서 '교토의 자연 200선'에 뽑혔답니다."

홈즈 씨는 계단을 올라가면서 이 신사의 제신이 아마테라스스메오미카미, 타카미스무히노카미, 스미토요타마히메노미코토인 것을 가르쳐주었다.

여전히 뭐든 아는 사람이라고 나는 감탄하면서 맞장구를
쳤다.

"역사도 깊고, 창사는 헤이안 초기라고 해요."

"헤이안 초기…… 그렇게 옛날부터 있었던 거네요."

"이 부근은 '야마시로'라고 불리고 헤이안 천도 전부터 있었
던 곳이에요. 고분도 많고요."

역시 교토는 시내뿐만 아니라 다른 곳도 역사가 깊다. 아
니, 시외야말로 그럴지도 모른다.

계단을 다 올라가자 '미토 신사'의 본전이 보였다. 우연인지
경내에 인기척은 없었고, 숲속에 서 있는 모습이 아주 장엄하
게 느껴졌다.

우리는 본전을 앞에 두고 손뼉을 치며 참배하고 기분 좋은
가을바람에 기지개를 켰다.

"아버지의 강연회까지 아직 조금 시간이 있네요."

홈즈 씨는 손목시계로 눈길을 떨어뜨리고 그렇게 중얼거렸다.

오늘 조요시에 온 것은 '문화 파크 조요'(통칭 '문파')라는 복
합 문화 시설에서 점장님의 강연회가 있기 때문이다.

사람 앞에 나서기를 싫어하는 그 점장님이 괜찮을까, 하고
내가 더 긴장하고 말았다.

"점장님, 괜찮으실까요?"

"글쎄요?"

조금 무책임하게 고개를 갸웃거리는 홈즈 씨를 보고 나는 헛기침을 했다.

여전히 아버지에게는 아주 냉정하다.

"지금까지 강연회에는 나가지 않으셨는데 어째서 이번에는 승낙하신 거죠?"

"그건 아마 추억의 장소이기 때문일 거예요."

"추억의 장소?"

"아버지는 대학 시절 재즈 밴드를 결성했어요. 첼로를 담당했죠."

나도 점장님이 첼로를 연주하는 것은 알고 있었지만 밴드를 결성했던 것은 몰라서 흥미롭게 생각하면서 "호오."라고 중얼거렸다.

"그 밴드 동료 중 한 사람이 프로가 돼서 '문파'에서 연주회를 하게 됐는데요, 한 곡만 대학 시절 밴드 멤버도 참가해달라고 해서 아버지도 무대에 섰다고 해요."

나는 아하, 하고 맞장구를 쳤다.

"아버지는 그 무렵 출판사에서 일하고 있었지만 무대에서 부끄럽지 않도록 필사적으로 연습했다고 해요. 그리고 연주회 날, 관객석에는 당시에 연인이었던 어머니도 있었는데요. 연주하는 아버지의 모습에 감동해서 어머니가 울었다고 하더라고요."

"와아, 정말 멋진 추억이네요."

"'멋진 추억'은 이제부터가 진짜예요."

그렇게 말하며 홈즈 씨가 검지를 세웠다.

"무슨 말씀이세요?"

"감동해 운 어머니의 모습에 감격한 것과 연주를 막 마친 흥분 때문에 '저와 결혼해주시겠습니까?'라고 프러포즈했다고 해요."

"와아, 그런 일이!"

"우에다 씨의 견해지만, 아버지는 프러포즈하고 싶다고 생각하면서도 용기를 내지 못했고, 어머니도 프러포즈를 기다리고 있었다고 하니 '문파'는 부모님을 이어준 추억 깊은 곳이랍니다."

그런 장소에서 강연회 의뢰가 들어왔다면 받아들이자는 마음이 생길지도 모르겠다.

"멋지네요. 그리고 제게도 아주 소중한 장소네요."

"네?"

홈즈 씨가 내 쪽으로 몸을 돌렸다.

"그야 그 일이 있었으니 지금 홈즈 씨가 제 앞에 존재하고 있는 거잖아요."

미소 지으며 말하자 홈즈 씨는 갑자기 입에 손을 대고 얼굴을 돌렸다.

"이런, 또 그런 귀여운 말을 하고."

"귀, 귀엽다니, 또 과장이에요!"

"제가 그렇게 느꼈으니까 귀여운 거예요. 그러면 갈까요?"

홈즈 씨는 아무렇지 않게 말하고 손을 내밀었다.

나는 뺨의 열기를 느끼며 "네."하고 그의 손을 잡고 '미토 신사'의 경내를 뒤로했다.

그 뒤에 열린 강연회에서 점장님이 횡설수설하는 바람에 나를 조마조마하게 만들었다가 사회자의 능숙한 유도로 무사히 마친 것은 여기만의 이야기.

"차라리 첼로를 연주하는 게 좋았을 정도네요."

"홈즈 씨!"

……멋진 추억 이야기를 들을 수 있었던 어느 날의 일.

교토탐정 홈즈 12 ~기온 탐정의 사건 수첩~

2020년 12월 16일 1판 1쇄 발행

원 작	모치즈키 마이
일 러 스 트	야마우치시즈
옮 긴 이	신동민
발 행 인	유재옥
본 부 장	조병권
담 당 편 집	성명신
편 집 1 팀	정영길 김민지 조찬희
편 집 2 팀	김다솜
편 집 3 팀	오준영 곽혜민 김혜주
편 집 4 팀	성명신
디 자 인	김보라 서정원
라 이 츠	김슬비 한주원
디 지 털	박상섭 이성호 최서윤
발 행 처	(주)소미미디어
등 록	제2015-000008호
주 소	서울시 마포구 토정로 222, 403호(신수동, 한국출판콘텐츠센터)
판 매	(주)소미미디어
제 작 처	코리아피앤피
마 케 팅	한민지 이주희
경 영 지 원	우희선
물 류	허석용 백철기
전 화	편집부 (070)4245-5505, (070)4167-3960 기획실 (02)567-3388
	판매 및 마케팅 (070)4165-6888, Fax (02)322-7665

ISBN 979-11-6611-389-5 (04830)
ISBN 979-11-6190-606-5 (세트)

**KYOTO TERAMACHISANJO NO HOLMES 12
-GIONTANTEINO JIKENTECHOU-**